VICTOR HUGO

O ÚLTIMO DIA DE UM CONDENADO

Tradução de Paulo Neves

www.lpm.com.br

COLEÇÃO **96** PÁGINAS

Coleção **L&PM** POCKET, vol. 1254

Texto de acordo com a nova ortografia.
Título original: *Le dernier jour d'un condamné*

Primeira edição na Coleção **L&PM** POCKET: julho de 2017
Esta reimpressão: julho de 2025

Tradução: Paulo Neves
Capa: Ivan Pinheiro Machado. Ilustração: *Der Prophet* (32,1x22,2cm), 1912, xilogravura de Emil Nolde (1867-1956)
Revisão: Lia Cremonese

CIP-Brasil. Catalogação na publicação
Sindicato Nacional dos Editores de livros, RJ

H889u

Hugo, Victor, 1802-1885
   O último dia de um condenado / Victor Hugo; tradução Paulo Neves. – Porto Alegre [RS]: L&PM, 2025.
   96 p. ; 18 cm.   (Coleção L&PM POCKET; v. 1254)

   Tradução de: *Le dernier jour d'un condamné*
   ISBN 978-85-254-3632-0

   1. Ficção francesa. I. Neves, Paulo. II. Título. III. Série.

17-42826   CDD: 843
                   CDU: 821.133.1-3

© da tradução, L&PM Editores, 2017

Todos os direitos desta edição reservados a L&PM Editores
Rua Comendador Coruja, 314, loja 9 – Floresta – 90220-180
Porto Alegre – RS – Brasil / Fone: 51.3225.5777

Pedidos & Depto. comercial: vendas@lpm.com.br
Fale conosco: info@lpm.com.br
www.lpm.com.br

Impresso no Brasil
Inverno de 2025

Prefácio da primeira edição (1829)

Há duas maneiras de perceber a existência deste livro. Ou houve de fato um maço de papéis amarelos e desiguais nos quais se encontraram, registrados um a um, os últimos pensamentos de um miserável; ou existiu um homem, um sonhador ocupado em observar a natureza em proveito da arte, um filósofo, um poeta, sei lá, que foi tomado pela fantasia dessa ideia, ou melhor, que se deixou tomar e só pôde desembaraçar-se dela lançando-a num livro.

Dessas duas explicações, o leitor escolha a que quiser.

O último dia de um condenado

I
Em Bicêtre.

Condenado à morte!

Há cinco semanas vivo com esse pensamento, sempre sozinho com ele, sempre gelado por sua presença, sempre curvado sob seu peso!

Outrora, pois me parece que se passaram anos e não semanas, eu era um homem como qualquer outro. Cada dia, cada hora, cada minuto tinha sua ideia. Meu espírito, jovem e rico, estava repleto de fantasias. Divertia-se em desenrolá-las para mim, umas após as outras, sem ordem e sem fim, bordando com inesgotáveis arabescos o rude e frágil tecido da vida. Eram mulheres moças, esplêndidas capas de bispo, batalhas ganhas, teatros cheios de luz e ruído, depois novamente mulheres moças e passeios à noite sob os braços largos dos castanheiros. Era sempre festa na minha imaginação. Eu podia pensar no que queria, era livre.

Agora sou cativo. Meu corpo está agrilhoado num cárcere, meu espírito aprisionado numa ideia. Uma horrível, sangrenta, implacável ideia! Não tenho mais senão um pensamento, uma convicção, uma certeza: condenado à morte!

O que quer que eu faça, ele está sempre presente, esse pensamento infernal, como um espectro de chumbo ao meu lado, sozinho e ciumento, expulsando toda distração, face a face comigo, miserável que sou, e sacudindo-me com suas duas mãos de gelo quando quero desviar a cabeça ou fechar os olhos. Insinua-se em todas as formas nas quais meu espírito gostaria de evitá-lo, mistura-se como um refrão horrível a todas as palavras que me dirigem, cola-se a mim nas grades medonhas do meu cárcere; importuna-me acordado, espia meu sono convulsivo, e reaparece em meus sonhos sob a forma de um cutelo.

Acabo de despertar num sobressalto, perseguido por ele e dizendo a mim mesmo: "Ah! É somente um sonho!". Pois bem, antes mesmo que meus olhos pesados tenham tido o tempo de entreabrir-se para ver esse fatal pensamento escrito na horrível realidade que me cerca, no piso como que molhado de suor da minha cela, nos raios pálidos da minha lâmpada noturna, na trama grosseira do tecido de minhas roupas, na figura sombria do soldado de guarda cuja cartucheira reluz através da grade do cárcere, parece-me que já uma voz murmurou ao meu ouvido:

– Condenado à morte!

II

Era uma bela manhã de agosto.

Havia três dias que meu processo começara, três dias que meu nome e meu crime atraíam toda manhã uma nuvem de espectadores, que vinham se abater sobre os bancos da sala de audiências como corvos em volta de um cadáver, três dias que toda aquela fantasmagoria, juízes, testemunhas, advogados, procuradores do rei, passava e tornava a passar diante de mim, ora grotesca, ora sangrenta, sempre sombria e fatal. Nas duas primeiras noites, por inquietude e terror, não pude dormir; na terceira, dormi de fastio e de cansaço. À meia-noite deixei os jurados deliberando. Trouxeram-me de volta à palha do meu cárcere, e imediatamente caí num sono profundo, num sono de esquecimento. Foram as primeiras horas de repouso depois de muitos dias.

Estava ainda no mais profundo desse sono profundo quando vieram me despertar. Dessa vez não bastaram o passo pesado e as botas ferradas do carcereiro, o tinir do seu molho de chaves, o rangido rouco dos ferrolhos; para me tirar da letargia, foram necessárias sua voz rude ao meu ouvido e sua mão rude em meu braço.

— Levante-se!

Abri os olhos, ergui-me assustado em meu leito. Nesse momento, pela estreita e alta janela da minha cela, vi no teto do corredor vizinho, único céu que me era dado entrever, aquele reflexo amarelo no qual olhos habituados às trevas de uma prisão sabem reconhecer tão bem o sol. Eu amo o sol.

— O dia está bonito — eu disse ao carcereiro.

Ele ficou um momento sem me responder, como se não soubesse se aquilo merecia uma palavra; depois, com algum esforço, murmurou bruscamente:

— É possível.

Continuei imóvel, o espírito meio adormecido, a boca sorridente, os olhos fixos naquela doce reverberação dourada que matizava o teto.

— É um bonito dia — repeti.

— Sim — respondeu-me o homem —, estão à sua espera.

Essas poucas palavras, como o fio que rompe o voo do inseto, me jogaram violentamente de volta à realidade. Tornei a ver de repente, como à luz de um relâmpago, a sala escura do tribunal, a mesa em semicírculo dos juízes coberta de farrapos ensanguentados, as três fileiras de testemunhas de faces estúpidas, os dois guardas nas duas pontas do meu banco, e as togas negras se agitando, e as cabeças da multidão formigando no fundo da sombra, e pousado em mim o olhar fixo dos doze jurados que haviam ficado acordados enquanto eu dormia!

Levantei-me; meus dentes batiam, minhas mãos tremiam sem saber onde encontrar as roupas, minhas pernas estavam fracas. Ao dar o primeiro passo, tropecei como um entregador muito carregado. Mesmo assim segui o carcereiro.

Os dois guardas me esperavam na entrada da cela. Puseram-me as algemas. Havia uma pequena fechadura complicada que eles fecharam com cuidado. Deixei que o fizessem: era uma máquina em cima de outra.

Atravessamos um pátio interno. O ar fresco da manhã me reanimou. Levantei a cabeça. O céu estava azul, e os raios quentes do sol, recortados por longas chaminés, traçavam grandes ângulos de luz na crista dos muros altos e escuros da prisão. De fato, o dia estava bonito.

Subimos uma escada em caracol; passamos um corredor, depois outro, depois um terceiro; enfim uma porta baixa se abriu. Um ar quente, carregado de ruído, veio me bater no rosto; era o bafo da multidão na sala do tribunal. Entrei.

Ao meu aparecimento, houve um rumor de armas e de vozes. Os bancos se deslocaram ruidosamente, as divisórias estalaram; e, enquanto eu atravessava a longa sala entre duas massas de gente muradas de soldados, pareceu-me que eu era o centro ao qual se prendiam os fios que faziam mover todas aquelas faces boquiabertas e inclinadas.

Nesse instante percebi que estava sem algemas; mas não pude lembrar nem onde nem quando elas me foram tiradas.

Fez-se então um grande silêncio. Eu havia chegado ao meu lugar. No momento em que o tumulto cessou na multidão, cessou também em minhas ideias. De súbito compreendi, com clareza, o que até então apenas entrevira confusamente, que o momento decisivo havia chegado e que eu estava ali para ouvir minha sentença.

Explique quem puder: pela maneira como essa ideia me veio, ela não me causou terror. As janelas estavam abertas; o ar e o ruído da cidade chegavam livremente da rua: a sala estava iluminada como para um casamento; os alegres raios do sol traçavam, aqui e ali, a figura luminosa dos caixilhos, ora estendida no soalho, ora cobrindo as mesas, ora rompida no ângulo das paredes; e, dos losangos brilhantes das janelas, cada raio esculpia no ar um grande prisma de poeira dourada.

Os juízes, no fundo da sala, tinham o ar satisfeito, provavelmente a alegria de terem terminado logo. O rosto do juiz-presidente, docemente iluminado pelo reflexo de uma vidraça, tinha algo de bondade e de calma; e um jovem assessor conversava quase alegremente, passando a mão no peitilho de sua toga, com uma bela dama de chapéu cor-de-rosa, colocada por algum favor atrás dele.

Somente os jurados pareciam pálidos e abatidos, mas aparentemente era de cansaço por terem ficado acordados a noite toda. Alguns bocejavam. Nada, na atitude deles, anunciava homens que vêm comunicar uma sentença de morte; e nos rostos desses bons burgueses eu não adivinhava senão uma grande vontade de dormir.

Perto de mim, uma janela estava completamente aberta. Ouvi risadas das vendedoras de flores na rua; e, numa fenda do peitoril de pedra, uma linda plantinha amarela, penetrada por um raio de sol, brincava com o vento.

Como poderia uma ideia sinistra brotar entre tantas graciosas sensações? Inundado de ar e de sol, eu não podia pensar noutra coisa a não ser na liberdade; a esperança irradiou-se dentro de mim como a luz à minha volta; e, confiante, esperei minha sentença como se espera a libertação e a vida.

Nesse momento meu advogado chegou. Esperavam-no. Acabava de fazer uma copiosa e apetitosa refeição matinal. Chegando ao seu lugar, inclinou-se para mim com um sorriso.

– Tenho esperança – ele me disse.

– Por que não? – respondi, com leveza e sorrindo também.

– Sim, ainda não sei a decisão deles – ele continuou –, mas certamente terão afastado a premeditação, e nesse caso serão apenas trabalhos forçados para o resto da vida.

– Que está dizendo, senhor? – repliquei indignado. – Prefiro cem vezes a morte!

Sim, a morte! – E aliás, repetia-me não sei qual voz interior, o que arrisco ao dizer isso? Alguma vez uma sentença de morte já se pronunciou que não fosse à meia-noite, entre archotes, numa sala sombria, e numa noite fria de chuva e de inverno? Mas, no mês de agosto, às oito horas da manhã, num dia tão bonito, com tão bons jurados, é impossível! E meus olhos voltaram a se fixar na bela flor amarela ao sol.

Então o juiz, que só esperava o advogado, convidou-me a ficar de pé. A tropa apresentou armas; como por um movimento elétrico, toda a assembleia ficou de pé no mesmo instante. Uma figura insignificante e nula, colocada numa mesa abaixo da tribuna dos juízes, o escrivão, penso eu, tomou a palavra e leu o veredicto que os jurados haviam pronunciado em minha ausência. Um suor frio se espalhou nos meus membros; apoiei-me à parede para não cair.

– Advogado, tem algo a dizer sobre a aplicação da pena? – perguntou o juiz.

Eu, sim, teria tudo a dizer, mas nada me ocorreu. Minha língua ficou colada ao palato.

O defensor se levantou.

Compreendi que ele buscava atenuar a decisão do júri e apresentar, em vez da pena que ela provocava, a outra pena, aquela que eu ficara tão ofendido de vê-lo esperar.

A indignação deve ter sido muito forte para se manifestar através das inúmeras emoções que disputavam meu pensamento. Quis repetir em voz alta o que eu havia dito a ele: Prefiro cem vezes a morte! Mas faltou-me o alento, e pude apenas segurá-lo com força pelo braço, gritando de forma convulsiva: Não!

O procurador-geral rebateu o advogado, e o escutei com uma satisfação estúpida. Depois os juízes saíram, tornaram a entrar, e o juiz-presidente leu minha sentença.

– Condenado à morte! – disse à multidão; e, enquanto me levavam, toda aquela gente se precipitou sobre meus passos com o estrondo de um edifício que desmorona. Eu caminhava, atordoado e estupefato. Uma revolução se produzira dentro de mim. Até a sentença de morte, eu me sentia respirar, palpitar, viver no mesmo meio que os outros homens; agora, distinguia claramente como uma barreira a me separar do mundo. Nada mais me aparecia sob o mesmo aspecto de antes. Aquelas largas janelas luminosas, aquele belo sol, aquele céu puro, aquela linda flor, tudo ficou branco e pálido, da cor de uma mortalha. Os homens, mulheres e crianças que se amontoavam à minha passagem, pareciam fantasmas.

Na base da escada, uma preta e suja viatura gradeada me esperava. No momento de subir nela, olhei por acaso a praça.

– Um condenado à morte! – gritavam os passantes, correndo em direção à viatura. Através da nuvem que parecia ter-se interposto entre mim e as coisas, distingui duas mocinhas que me seguiam com olhos ávidos.

– Muito bem, disse a mais nova batendo palmas, será daqui a seis semanas!

III

Condenado à morte!

Afinal, por que não? "Os homens", lembro de ter lido não sei em qual livro, mas que só havia isso de bom, "os homens são todos condenados à morte com sursis indefinidos." O que haveria, assim, de tão diferente em minha situação?

Desde a hora em que minha sentença foi pronunciada, quantos dos que se preparavam para uma longa vida morreram! Quantos dos que esperavam, jovens, livres e saudáveis, ir ver cair minha cabeça em tal dia na Place de Grève, anteciparam-se a mim! Quantos, daqui até lá, que andam e respiram ao ar livre, que entram e saem à vontade, talvez me precedam também!

Além disso, o que me oferece a vida para que eu lamente tanto ser privado dela? Na verdade, o dia sombrio e o pão negro do cárcere, a porção de sopa magra na tigela dos condenados às galés, ser tratado com aspereza, eu que sou refinado pela educação, ser brutalizado por carcereiros e guardas, não ver um ser humano que me julgue digno de ouvir ou de emitir-lhe uma palavra, estremecer o tempo todo por aquilo que fiz e por aquilo que me farão: eis aí quase os únicos bens que o carrasco pode me tirar.

Ah! Mas não importa, é horrível!

IV

A viatura preta me transportou até aqui, a medonha Bicêtre.

Visto de longe, o prédio tem alguma majestade. Abre-se no horizonte, no alto de uma colina, e à distância conserva algo do seu antigo esplendor, um ar de castelo de rei. Mas, à medida que nos aproximamos, o palácio vira pardieiro. As empenas deterioradas ferem os olhos. Um não sei quê de vergonhoso e empobrecido suja essas fachadas reais; como se os muros tivessem lepra. Não há mais vidros nem vidraças nas janelas, mas barras de ferro maciças, entrecruzadas, às quais se cola, aqui e ali, a figura macilenta de um condenado ou de um louco.

É a vida vista de perto.

V

Assim que cheguei, mãos de ferro se apoderaram de mim. Multiplicaram-se as precauções: nada de faca, nada de garfo para minhas refeições: a *camisa de força*, espécie de saco de lona, aprisionou meus braços; respondiam por minha vida. Eu havia recorrido da sentença. Esse caso oneroso podia demorar seis ou sete semanas, e era importante conservarem-me são e salvo até a Place de Grève.

Nos primeiros dias trataram-me com uma doçura que me era horrível. As atenções de um carcereiro cheiram a cadafalso. Por sorte, ao cabo de poucos dias, o hábito prevaleceu; confundiram-me com os outros prisioneiros numa comum brutalidade, sem mais aquelas não costumeiras distinções de polidez que me punham sempre a figura do carrasco ante os olhos. Não foi a única melhora. Minha juventude, minha docilidade, os cuidados do capelão, e principalmente algumas palavras em latim que dirigi ao porteiro, que não as compreendeu, me abriram o passeio uma vez por semana com os outros detentos, e fizeram desaparecer a camisola na qual eu vivia imobilizado. Depois de muitas hesitações, também me deram tinta, papel, pena de escrever e uma lamparina.

Todos os domingos, após a missa, soltam-me no pátio, na hora do recreio. Ali converso com os detentos: é preciso conversar. São boa gente, os miseráveis. Eles me contam seus *feitos*, alguns de causar horror, mas dos quais sei que se gabam. Ensinam-me a falar gírias, a "malhar o ferro", como dizem. É toda uma língua enxertada na língua geral como uma espécie de excrescência medonha, como uma verruga. Às vezes, uma energia singular, um pitoresco assustador: "Tem suco de uva na estrada" (sangue no caminho), "casar com a viúva" (ser enforcado), como se a corda da forca fosse viúva de todos os enforcados. A cabeça de um ladrão tem dois nomes: "a sorbonne", quando medita, raciocina e aconselha o crime; "a goela", quando o carrasco a corta. Outras vezes, um espírito de vaudevile: "uma caxemira de vime" (um cesto de trapeiro), "a mentirosa" (a língua); e em toda parte, a todo instante, palavras bizarras, misteriosas, feias e sórdidas, vindas não se sabe de onde: "o cepo" (o carrasco), "o bagulho" (a morte), "o placar" (a praça das execuções). Como se fossem sapos e aranhas. Quando se ouve falar essa língua, o efeito é de algo sujo e empoeirado, um monte de trapos que sacudissem à nossa frente.

Esses homens, pelo menos, têm pena de mim, são os únicos. Os carcereiros, porteiros, guarda-chaves – não lhes quero mal por isso – conversam e riem, e falam de mim, diante de mim, como de uma coisa.

VI

Disse a mim mesmo:

– Se tenho os meios de escrever, por que não fazê-lo? Mas o que escrever? Preso entre quatro paredes de pedra nua e fria, sem liberdade para meus passos, sem horizonte para meus olhos, tendo por única distração seguir maquinalmente, o dia todo, a marcha lenta do quadrado esbranquiçado que o postigo da minha porta projeta na parede escura e oposta, e, como eu dizia há pouco, a sós com uma ideia, uma ideia de crime e castigo, de assassinato e morte! Posso ter algo a dizer, eu que nada mais tenho a fazer neste mundo? E o que encontrarei neste cérebro combalido e vazio que valha a pena ser escrito?

Mas por que não? Se tudo ao redor é monótono e descolorido, não há dentro de mim uma tempestade, uma luta, uma tragédia? A ideia fixa que me possui não se apresenta a toda hora, a cada instante, sob uma nova forma, sempre mais medonha e ensanguentada à medida que o termo se aproxima? Por que não tentar dizer a mim mesmo tudo o que sinto de violento e de desconhecido na situação abandonada em que me encontro? O material, certamente, é rico; e por mais curta que seja minha vida haverá ainda, nas angústias, nos terrores, nas torturas que a preencherão, desta hora até a última, muito que escrever até gastar esta pena e secar este tinteiro. – Aliás, o único meio de sofrer menos com essas angústias é observá-las, e descrevê-las me distrairá.

Além do mais, o que escreverei deste modo não será talvez inútil. Este diário dos meus sofrimentos, hora por hora, minuto por minuto, suplício por suplício, se eu tiver a força de levá-lo até o momento em que me for *fisicamente* impossível continuar, a história necessariamente inacabada, mas tão completa quanto possível, das minhas sensações, não trará consigo um grande e profundo ensinamento? E nesse registro por escrito do pensamento agonizante, nessa progressão sempre crescente de dores, nessa espécie de autópsia intelectual de um condenado, não haverá mais de uma lição para os que condenam? Será que essa leitura não lhes deixará a mão menos ligeira quando, numa próxima vez, tratar-se de lançar uma cabeça que pensa, uma cabeça de homem, no que eles chamam a balança da justiça? Será que alguma vez refletiram, esses infelizes, sobre a lenta sucessão de torturas que a fórmula expeditiva de uma sentença de morte encerra? Alguma vez se detiveram na ideia pungente de que, no homem que eliminam, há uma inteligência, uma inteligência que contava com a vida, uma alma que nunca se dispôs para a morte? Não. Eles veem, em tudo isso, apenas a queda vertical de um cutelo triangular, e certamente pensam que, para o condenado, nada existe antes, nada existe depois.

Estas folhas mostrarão seu engano. Publicadas talvez um dia, farão com que seu espírito, por alguns momentos, se detenha nos sofrimentos do espírito, pois são esses que eles não suspeitam. Julgam-se triunfantes de poderem matar sem quase fazer sofrer o corpo. Mas ora! É exatamente disso que se trata! O que é a dor física comparada à dor moral? Horror e piedade diante de leis como essas! Um dia virá, e talvez estas memórias, últimos confidentes de um miserável, terão dado sua contribuição...

A menos que, depois da minha morte, o vento brinque no pátio com estes pedaços de papel sujos de lama, ou eles apodreçam na chuva, colados como estrelas na vidraça partida de um carcereiro.

VII

Que o que escrevo possa um dia ser útil a outros, que chame a atenção de um juiz prestes a julgar, que salve infelizes, inocentes ou culpados, da agonia a que estou condenado, por quê? De que adianta? Que importa? Quando minha cabeça tiver sido cortada, que significado terá para mim que outras o sejam? Será que pude realmente pensar tais loucuras? Lançar abaixo o cadafalso após ter subido nele? Pergunto se isso poderá me salvar um pouco.

Mas oh! O sol, a primavera, os campos cheios de flores, os pássaros que cantam de manhã, as nuvens, as árvores, a natureza, a liberdade, a vida, tudo isso não será mais meu!

Ah! É a mim que deveriam salvar! Será mesmo verdade que é impossível, que devo morrer amanhã, talvez hoje, que a coisa é assim? Ó Deus! A horrível ideia de esmagar a cabeça contra a parede da cela!

VIII

Contemos o que me resta:

Três dias de prazo após a decisão pronunciada sobre a apelação da sentença.

Oito dias de esquecimento na secretaria do tribunal, para que depois as *peças*, como dizem, sejam enviadas ao ministro.

Quinze dias de espera no gabinete do ministro, que não sabe sequer que elas existem, mas que supostamente deve transmiti-las, após exame, ao tribunal de cassação.

Ali, classificação, registro, numeração: pois a guilhotina é muito solicitada e cada um deve esperar sua vez.

Quinze dias para verificar que não nos foi feita nenhuma injustiça.

Finalmente, a corte se reúne, em geral numa quinta-feira, rejeita em massa vinte apelações, e despacha tudo ao ministro, que despacha ao procurador-geral, que despacha ao carrasco. Três dias.

Na manhã do quarto dia, o substituto do procurador-geral diz a si mesmo, pondo a gravata:

– É preciso acabar logo com isso.

Então, se o substituto do escrivão não tiver um almoço com amigos que o impeça, a ordem de execução é minutada, redigida, passada a limpo, expedida, e ao amanhecer do dia seguinte ouvem-se o martelar de madeiras na Place de Grève e, nas esquinas, as vozes enrouquecidas dos pregoeiros.

Ao todo, seis semanas. A mocinha tinha razão.

Ora, faz cinco semanas pelo menos, seis talvez, não ouso contar, que estou nesta cela de Bicêtre, e parece-me que há três dias foi quinta-feira.

IX

Acabo de fazer meu testamento.

Para quê? Fui condenado a pagar as despesas, e tudo o que tenho mal dá para pagá-las. A guilhotina é muito cara.

Deixo uma mãe, deixo uma mulher, deixo uma filha.

Uma menininha de três anos, doce, rosada, frágil, com grandes olhos negros e longos cabelos castanhos.

Ela tinha dois anos e um mês quando a vi pela última vez.

Assim, depois de minha morte, três mulheres, sem filho, sem marido, sem pai; três órfãs de diferente espécie; três viúvas em consequência da lei.

Admito que sou justamente punido; mas essas inocentes, o que fizeram? Não importa; estão desonradas, arruinadas. É a justiça.

Não é minha pobre velha mãe que me preocupa: ela tem sessenta e quatro anos, morrerá em breve. Ou, se durar mais algum tempo, contanto que tenha um pouco de brasa para seu aquecedor de pés, nada dirá.

Minha mulher tampouco me preocupa; sua saúde já é ruim e seu espírito é fraco. Ela morrerá também.

Mas minha filha, minha criança, minha pobre Marie, que ri, que brinca, que canta nesta hora e não pensa em nada, é ela que me faz sofrer!

X

Eis como é minha cela:

Três metros quadrados. Quatro paredes de pedra de cantaria que se apoiam em ângulo reto num piso de lajes, nivelado um degrau acima do corredor externo.

À direita da porta, ao entrar, uma espécie de reentrância serve irrisoriamente de alcova. Ali há um feixe de palha onde o prisioneiro deve supostamente repousar e dormir, vestido de uma calça e de um casaco de brim, tanto no inverno como no verão.

Acima da minha cabeça, à maneira de céu, uma negra abóbada em *ogiva* – é assim que chamam – da qual pendem, como farrapos, espessas teias de aranha.

Nenhuma janela, nem mesmo respiradouro. Uma porta onde o ferro esconde a madeira.

Engano-me: no centro da porta, mais em cima, uma abertura de vinte e cinco centímetros quadrados, cortada por uma grade em cruz e que o carcereiro pode fechar à noite.

Do lado de fora, um corredor bastante comprido, iluminado, arejado por meio de respiradouros estreitos no alto da parede, e dividido em compartimentos de alvenaria que se comunicam entre si por uma série de portas arqueadas e baixas; cada um desses compartimentos serve, de certo modo, de vestíbulo a um cárcere semelhante ao meu. É nesses cárceres que são postos os presos condenados pelo diretor da prisão a penas disciplinares. As três primeiras celas são reservadas aos condenados à morte, porque, estando mais próximas do alojamento do carcereiro, são mais cômodas para ele.

Essas celas são tudo o que resta do antigo castelo de Bicêtre tal como foi construído no século XV pelo cardeal de Winchester, o mesmo que mandou queimar Joana d'Arc. Foi o que ouvi de *curiosos* que vieram me ver outro dia em meu alojamento, e que me olhavam à distância como um animal de zoológico. O carcereiro arrecadou cem vinténs.

Esqueci de dizer que noite e dia há um sentinela à porta do meu cárcere, e que meus olhos não podem se erguer para a abertura na porta sem encontrar seus dois olhos fixos sempre abertos.

De resto, suponham que haja ar e luz nessa caixa de pedra.

XI

Já que o dia tarda a surgir, o que fazer da noite? Tive uma ideia. Levantei-me e aproximei a lamparina das quatro paredes da minha cela. Estão cobertas de escritos, desenhos, figuras bizarras, nomes que se misturam e se apagam uns aos outros. Parece que cada condenado quis deixar um vestígio, aqui pelo menos. São traços de lápis, giz, carvão, letras pretas, brancas, cinzas, muitas vezes profundos entalhes na pedra, aqui e ali caracteres enferrujados como que escritos a sangue. Se eu tivesse o espírito mais livre, por certo me interessaria por esse livro estranho que se desenvolve página a página ante meus olhos, em cada pedra deste cárcere. Gostaria de compor novamente um todo com esses fragmentos de pensamento, espalhados na pedra; de reencontrar cada homem sob cada nome; de devolver o sentido e a vida a essas inscrições mutiladas, a essas frases desmembradas, a essas palavras truncadas, corpos sem cabeça como daqueles que as escreveram.

À altura da minha cabeceira há dois corações inflamados, atravessados por uma flecha, e acima *Amor por toda a vida*. O infeliz não assumia um longo compromisso.

Ao lado, uma espécie de chapéu de três pontas com uma figurinha grosseiramente desenhada abaixo, e estas palavras: *Viva o imperador! 1824*.

Mais corações inflamados, com a seguinte inscrição, característica numa prisão: *Amo e adoro Mathieu Danvin.* Jacques.

Na parede oposta lê-se este nome: *Papavoine.* O *P* maiúsculo é bordado de arabescos e desenhado com cuidado.

Uma estrofe de uma canção obscena.

Um barrete frígio esculpido bastante fundo na pedra, e estes dizeres abaixo: *Bories. A República.* Era um dos quatro suboficiais do complô de La Rochelle. Pobre rapaz! Que terríveis se tornam suas pretensões políticas! Por uma ideia, por um sonho, por uma abstração, essa horrível realidade que chamam a guilhotina! E eu que me queixava, eu, miserável, que cometi um verdadeiro crime, que derramei sangue!

Não irei mais adiante em minha pesquisa. Acabo de ver, traçada a giz no canto da parede, uma imagem assustadora, a figura do cadafalso que, neste momento, talvez esteja sendo erguido para mim. Por pouco não deixei cair das mãos a lamparina.

XII

Voltei a sentar-me precipitadamente na palha, com a cabeça entre os joelhos. Depois meu pavor de criança se dissipou e uma estranha curiosidade fez-me continuar a leitura da minha parede.

Ao lado do nome Papavoine, arranquei uma enorme teia de aranha, engrossada pela poeira e estendida no ângulo da parede. Debaixo dessa teia havia quatro ou cinco nomes perfeitamente legíveis, entre outros dos quais não restam senão manchas. Dautun, 1815. Poulain, 1818. Jean Martin, 1821.

Castaing, 1823. Li esses nomes e lembranças lúgubres me vieram: Dautun, o que cortou seu irmão em pedaços e saiu à noite, em Paris, lançando a cabeça numa fonte, o tronco num esgoto; Poulain, o que assassinou a esposa; Jean Martin, o que disparou um tiro de pistola contra o pai no momento em que o velho abria uma janela; Castaing, o médico que envenenou seu amigo e que, tratando-o nessa última enfermidade que lhe causara, em vez de remédio lhe deu mais veneno; e, junto a esses, Papavoine, o horrível louco que matou crianças com facadas na cabeça!

Eis aí, pensei, e um calafrio subiu-me pela espinha, eis aí quais foram antes de mim os hóspedes desta cela. Foi aqui, sobre a mesma laje onde estou, que eles pensaram seus últimos pensamentos, esses homens de assassinato e sangue! Foi ao redor destas paredes, neste espaço estreito, que seus últimos passos giraram como os de um animal feroz. Eles se sucederam a curtos intervalos; parece que este cárcere nunca fica desocupado. Deixaram o lugar ainda quente, e foi para mim que o deixaram. Em breve irei juntar-me a eles no cemitério de Clamart, onde a grama cresce tão bem!

Não sou visionário nem supersticioso. É provável que essas ideias tenham me causado um acesso de febre; mas, enquanto eu assim sonhava, pareceu-me de repente que todos esses nomes fatais estavam escritos a fogo na parede escura; um zumbido cada vez maior invadiu meus ouvidos, um clarão alaranjado encheu meus olhos; pareceu-me que o cárcere estava cheio de homens, de homens estranhos que traziam sua cabeça na mão esquerda e que a seguravam pela boca, porque não havia cabelos. Todos me mostravam o punho cerrado, menos o parricida.

Fechei os olhos com horror, então vi tudo mais distintamente.

Sonho, visão ou realidade? Eu teria enlouquecido se uma impressão brusca não tivesse me despertado a tempo. Estava prestes a cair de costas quando senti passar sobre meu pé descalço um ventre frio e patas peludas: era a aranha que eu desalojara e que fugia.

Isso me fez recuperar a razão. Eram espectros assustadores? Não, apenas fumaça, uma imaginação do meu cérebro vazio e convulsivo. Quimera como a de Macbeth! Os mortos estão mortos, sobretudo esses. Estão bem trancados no sepulcro, que não é uma prisão da qual se foge. Como se explica então que tive medo?

A porta do túmulo não se abre do lado de dentro.

XIII

Vi, alguns dias atrás, uma coisa terrível.

Mal raiara o dia, e a prisão estava cheia de ruídos. Ouvia-se abrir e fechar as pesadas portas, ranger os ferrolhos e cadeados de ferro, tilintar os molhos de chaves que se entrechocavam na cintura dos carcereiros, tremer as escadas de cima a baixo sob passos precipitados, e vozes a chamarem-se e a responderem-se nas duas extremidades dos longos corredores. Meus vizinhos de cárcere, os condenados a penas disciplinares, estavam mais alegres que de costume. O Bicêtre inteiro parecia rir, cantar, correr, dançar.

Eu, único mudo nesse alarido, único imóvel nesse tumulto, espantado e atento, escutava.

Um carcereiro passou.

Arrisquei-me a chamá-lo e a perguntar-lhe se havia uma festa na prisão.

– Sim, uma festa, se quiser! – ele me respondeu. – Hoje vão pôr a ferros os condenados que devem partir amanhã para Toulon. Quer ver? Isso o divertirá.

De fato, para um recluso solitário, era uma grande sorte um espetáculo, por mais odioso que fosse. Aceitei o convite.

O carcereiro tomou as precauções usuais de segurança e me conduziu a uma cela vazia, sem móvel nenhum, mas com uma janela gradeada, uma verdadeira janela à altura dos olhos e através da qual se avistava realmente o céu.

– Daqui verá e ouvirá tudo – ele me disse. – Estará sozinho no seu camarote, como o rei.

Depois saiu, fechando às minhas costas porta, cadeados e ferrolhos.

A janela dava para um pátio quadrado bastante amplo, em torno do qual se elevava dos quatro lados, como uma muralha, uma grande construção de pedra de cantaria de seis andares. Nada de mais degradado, de mais nu, de mais miserável ao olhar do que essa quádrupla fachada, perfurada da base ao topo por um monte de janelas gradeadas às quais se colavam rostos magros e lívidos, amontoados uns sobre os outros como as pedras de um muro, e todos, por assim dizer, enquadrados pelos cruzamentos das barras de ferro. Eram os prisioneiros, espectadores da cerimônia, à espera do dia de serem atores. Pareciam almas cumprindo pena nos respiradouros do purgatório que dão para o inferno.

Todos olhavam em silêncio o pátio ainda vazio. Esperavam. Em meio àqueles rostos tristes e apagados, brilhavam aqui e ali alguns olhos penetrantes e vivos como pontas de fogo.

O quadrado de prisões que envolve o pátio não é completamente fechado. Um dos lados do prédio (aquele voltado ao oriente) tem um vão no meio, as duas abas estando ligadas apenas por uma grade de ferro. Essa grade dá para um segundo pátio, menor que o primeiro e, como este, bloqueado por paredes e frontões enegrecidos.

Em toda a volta do pátio principal, bancos de pedra se encostam à muralha. No meio ergue-se uma haste de ferro curvada, destinada a segurar uma lanterna.

Soou o meio-dia. Um portão largo, escondido numa reentrância, se abriu bruscamente. Uma carroça, escoltada como por soldados sujos e envergonhados, em uniforme azul, com dragonas vermelhas e bandoleiras amarelas, entrou pesadamente no pátio com um ruído de ferragens. Eram os beleguins da prisão trazendo os grilhões.

No mesmo instante, como se esse ruído despertasse o ruído da prisão, os espectadores das janelas, até então silenciosos e imóveis, irromperam em gritos de alegria, em canções, em ameaças, em imprecações que se misturavam a gargalhadas pungentes de ouvir. Era como ver máscaras de demônios. Em cada rosto apareceu uma careta, todos os punhos saíram das barras, todas as vozes urraram, todos os olhos flamejaram, e fiquei espantado de ver tantas faíscas reaparecerem naquelas cinzas.

No entanto os beleguins, entre os quais se distinguiam, por suas roupas limpas e por sua perturbação, alguns curiosos vindo de Paris, os beleguins iniciaram tranquilamente seu trabalho. Um deles subiu na carroça e lançou aos companheiros as correntes, golilhas de viagem e pacotes de calças de brim. Então dividiram as tarefas; uns foram estender num canto do pátio as longas correntes que em sua gíria se chamam *os cordões*; outros colocaram no chão *os tafetás*, as camisas e as calças, enquanto os mais sagazes examinavam, sob o olhar do capitão, um velhote atarracado, as golilhas de ferro, que testavam a seguir, fazendo-as tirar chispas no piso.

Tudo isso sob as aclamações debochadas dos prisioneiros, cuja voz só era sobrepujada pelo riso estridente dos forçados para os quais aquilo se preparava, e que se viam relegados às janelas da velha prisão que dá para o pátio menor.

Quando terminaram esses preparativos, um senhor com galões prateados, a quem chamavam *senhor inspetor*, deu uma ordem ao *diretor* da prisão; momentos depois, eis que duas ou três portas baixas vomitaram no pátio, quase ao mesmo tempo, como por rajadas, nuvens de homens medonhos, aos berros e esfarrapados. Eram os forçados.

Quando entraram, a festa redobrou nas janelas. Alguns deles, os grandes nomes da prisão, foram saudados por aclamações e aplausos que eles recebiam com uma espécie de modéstia orgulhosa. Em sua maioria traziam chapéus feitos por eles próprios com a palha do cárcere, e sempre de uma forma estranha, para que nas cidades por onde passassem o chapéu fizesse notar a cabeça. Esses eram ainda mais aplaudidos. Um, em particular, provocou grande entusiasmo: um rapaz de dezessete anos, que tinha cara de menina. No cárcere, onde se encerrara em segredo havia oito dias, ele fizera com a palha do seu leito uma roupa que o cobria da cabeça aos pés, e entrou no pátio rodopiando sobre si mesmo com a agilidade de uma serpente. Era um saltimbanco condenado por roubo. Houve uma profusão de palmas e gritos de alegria. Os condenados respondiam, e era uma coisa espantosa aquela troca de contentamento entre forçados titulares e forçados aspirantes. Por mais que a sociedade estivesse ali, representada pelos carcereiros e pelos curiosos assustados, o crime a escarnecia frontalmente, e fazia desse castigo horrível uma festa de família.

À medida que chegavam, eram empurrados, entre duas fileiras de guardas, ao pequeno pátio gradeado, onde a inspeção médica os esperava. É ali que todos tentavam um último esforço para evitar a viagem, alegando alguma desculpa de saúde, os olhos enfermos, a perna manca, a mão mutilada. Mas quase sempre eram considerados em boas condições para os trabalhos forçados; e então cada um se resignava com indiferença, esquecendo em poucos minutos sua suposta invalidez.

O portão do pequeno pátio voltou a se abrir. Um guarda fez a chamada por ordem alfabética; então eles saíram, um por um, e cada forçado foi perfilar-se de pé num canto do pátio principal, junto a um companheiro dado pelo acaso de sua letra inicial. Assim cada qual se vê reduzido a si mesmo, cada qual com sua cadeia, lado a lado com um desconhecido; e se um forçado tiver um amigo, a cadeia os separa. Última das misérias!

Quando saíram cerca de trinta forçados, voltaram a fechar o portão. Um beleguim os alinhou com seu bastão, lançou diante de cada um deles uma camisa, um casaco e uma calça de brim grosso, depois fez um sinal e todos começaram a se despir. Um incidente inesperado, como no momento oportuno, veio transformar essa humilhação em tortura.

Até então o tempo estivera bom, e, se o vento norte de outubro esfriava o ar, de vez em quando também abria aqui e ali, na bruma cinzenta do céu, uma fenda por onde entrava um raio de sol. Mas tão logo os forçados foram despojados de seus farrapos de prisão, no momento em que se ofereciam nus e de pé à inspeção desconfiada dos guardas e aos olhares dos curiosos que giravam ao redor deles para examinar seus ombros, o céu escureceu e caiu bruscamente um aguaceiro de outono, despejando torrentes, no pátio, sobre as cabeças descobertas, sobre os membros nus dos forçados, sobre suas miseráveis roupas jogadas ao chão.

Num piscar de olhos o pátio esvaziou-se de tudo o que não era beleguim ou forçado. Os curiosos de Paris foram se abrigar sob as coberturas das portas.

Chovia a cântaros. No pátio só se viam os forçados nus e escorrendo água no piso encharcado. Um silêncio triste sucedeu a suas ruidosas bravatas. Eles tremiam de frio, os dentes batiam; as pernas magras, os joelhos nodosos se entrechocavam: e dava pena vê-los aplicar sobre seus membros arroxeados aquelas camisas, aqueles casacos, aquelas calças ensopadas de chuva. A nudez teria sido melhor.

Um só, um velho, conservou algum bom humor. Ele exclamou, enxugando-se com sua camisa molhada, que *isso não estava no programa*; depois pôs-se a rir, mostrando o punho fechado ao céu.

Quando terminaram de vestir suas roupas de viagem, foram levados em grupos de vinte ou trinta até o outro canto do pátio, onde os *cordões* estendidos no chão os esperavam, correntes compridas e fortes, cortadas transversalmente a cada meio metro por correntes menores, na extremidade das quais há uma golilha quadrada que se abre por uma dobradiça num dos ângulos e se fecha no ângulo oposto por uma cavilha de ferro, presa durante toda a viagem ao pescoço do forçado. Quando esses *cordões* estão no chão, eles se assemelham muito à espinha dorsal de um peixe.

Fizeram os forçados sentarem na lama, no piso inundado; testaram-lhes as golilhas; depois, dois ferreiros entre os beleguins, armados de bigornas portáteis, as fixaram a frio mediante fortes marteladas. É um momento terrível, em que os mais ousados empalidecem. Cada martelada, aplicada na bigorna sobre as costas do paciente, faz seu queixo saltar: o menor desvio lhe arrebentaria o crânio como uma casca de noz.

Após essa operação, eles ficaram taciturnos. Não se ouvia mais senão o ruído das correntes e, por intervalos, um grito e a batida surda do bastão dos beleguins nos membros dos recalcitrantes. Houve alguns que choraram: os velhos tremiam e mordiam os lábios. Olhei com horror todos aqueles perfis sinistros em suas molduras de ferro.

Assim, depois da inspeção dos médicos, a dos carcereiros; depois da dos carcereiros, a ferragem. Três atos nesse espetáculo.

Um raio de sol reapareceu. Dir-se-ia que para acender uma mecha de fogo em todos aqueles cérebros. Os forçados levantaram-se ao mesmo tempo, como por um movimento convulsivo. As cinco correntes ligaram-se pelas mãos, e de repente formaram uma roda imensa em volta da haste da lanterna. Eles giravam a ponto de fatigar os olhos. Entoavam uma canção de condenados, uma balada de gíria, num tom ora de queixa, ora de fúria e de alegria; gritos agudos e risos dilacerantes, ofegantes, misturavam-se de vez em quando às palavras; depois, aclamações furiosas; e as correntes que se entrechocavam em cadência serviam de orquestra a esse canto mais rude que o ruído delas. Se eu buscasse uma imagem do sabá, seria essa, nem melhor nem pior.

Trouxeram ao pátio um grande balde de madeira com alças. Os beleguins interromperam a cacetadas a dança dos forçados e os conduziram a esse balde, no qual se viam flutuar não sei que ervas em não sei que líquido fumegante e sujo. Eles comeram.

Depois de comerem, jogaram ao chão o que restava de sua sopa e de seu pão velho, e continuaram a dançar e a cantar. Parece que lhes deixam essa liberdade no dia da ferragem e na noite seguinte.

Eu observava esse espetáculo estranho com uma curiosidade tão ávida, tão palpitante, que me esquecera de mim mesmo. Um profundo sentimento de piedade me revolvia as entranhas, e os risos deles me faziam chorar.

De repente, em meio ao profundo devaneio em que caíra, vi a roda ululante se deter e se calar. Todos os olhares se voltaram para a janela que eu ocupava.

– O condenado! O condenado! – gritaram todos, apontando-me com o dedo; e as explosões de alegria redobraram.

Fiquei petrificado.

Ignoro de onde me conheciam e como me reconheceram.

– Bom dia! Boa noite! – gritaram para mim com sua zombaria atroz.

Um dos presos, condenado a trabalhos forçados perpétuos, com a face lustrosa e lívida, olhou-me com um ar de inveja, dizendo:

– Ele é feliz! Será *cortado*! Adeus, companheiro!

Não posso dizer o que se passou dentro de mim. De fato, eu era companheiro deles. A Grève é irmã de Toulon. Inclusive me encontrava numa situação inferior frente a eles, que me homenageavam. Estremeci.

Sim, companheiro deles! E, alguns dias mais tarde, eu também poderia ter sido, eu, um espetáculo para eles.

Continuei à janela, imóvel, tolhido, paralisado. Mas, quando vi as cinco fileiras avançarem em minha direção com palavras de uma infernal cordialidade, quando ouvi o ruído tumultuoso de suas correntes, de seus clamores, de seus passos ao pé da parede, pareceu-me que aquela nuvem de demônios escalava minha miserável cela; dei um grito, lancei-me com violência contra a porta como para quebrá-la; mas não havia como fugir. Os ferrolhos estavam trancados por fora. Esmurrei-a, gritei com raiva. Tive a impressão de ouvir ainda mais perto as terríveis vozes dos forçados. Acreditei ver já suas cabeças medonhas aparecerem no vão da janela, dei um segundo grito de angústia e caí desmaiado.

XIV

Quando recuperei os sentidos, era noite. Estava deitado num catre; uma lâmpada que vacilava no teto me fez ver outros catres alinhados a cada lado do meu. Compreendi que haviam me transportado à enfermaria.

Fiquei alguns instantes desperto, mas sem pensamento nem lembrança, completamente entregue à felicidade de estar num leito. É verdade que, noutros tempos, esse leito de hospital e de prisão me teria feito recuar de aversão e piedade; mas eu não era mais o mesmo homem. Os lençóis eram cinza e rudes ao tato, o cobertor, fino e esburacado; sentia-se o estrado debaixo do colchão. Mas que importa! Meus membros podiam se descontrair entre esses lençóis grosseiros; sob o cobertor, por mais fino que fosse, eu sentia dissipar-se um pouco aquele frio na medula dos ossos a que me habituara. Voltei a dormir.

Um grande ruído me despertou; estava amanhecendo. Esse ruído vinha de fora; meu leito estava ao lado da janela, levantei-me na cama para ver o que era.

A janela dava para o pátio principal de Bicêtre, que estava cheio de gente; duas fileiras de soldados tinham dificuldade de manter livre, em meio à multidão, um estreito caminho que atravessava o pátio. Entre a dupla fileira de soldados seguiam lentamente, aos solavancos sobre os paralelepípedos, cinco compridas carroças carregadas de homens; eram os forçados que partiam.

As carroças não tinham cobertura. Cada uma transportava uma fileira de acorrentados. Os forçados estavam sentados de lado nas bordas, encostados uns aos outros, presos à corrente que se estendia ao longo da carroça, em cuja extremidade um beleguim de pé, com o fuzil carregado, vigiava. Ouvia-se o barulho dos ferros e, a cada sacudida da carroça, as cabeças saltavam e as pernas pendentes balançavam.

Uma chuva fina e penetrante gelava o ar e colava a seus joelhos as calças de brim cinza, escurecidas. Escorria água de suas longas barbas e de seus cabelos curtos; os rostos estavam roxos; via-se que tiritavam, e seus dentes rangiam de raiva e de frio. De resto, nenhum movimento possível; uma vez atado à corrente, não se é mais que uma fração daquele todo medonho que chamam *o cordão*, e que se move como um único homem. A inteligência deve abdicar, a golilha do forçado o condena à morte; e seu próprio ser animal não deve mais ter necessidades e apetites a não ser em horas fixas. Assim, imóveis, em sua maioria seminus, cabeças descobertas e pés pendentes, eles começavam sua viagem de vinte e cinco dias, carregados nas mesmas carroças, vestindo a mesma roupa sob o sol a pino de julho ou sob a chuva fria de novembro. Dir-se-ia que os homens querem compartilhar com o céu seu ofício de carrascos.

Estabelecera-se entre a multidão e as carroças não sei que horrível diálogo: injúrias de um lado, bravatas do outro, imprecações de ambas as partes;

mas, a um sinal do capitão, vi choverem cacetadas ao acaso nas carroças, sobre os ombros ou as cabeças, e tudo retornou àquela espécie de calma exterior que chamam a *ordem*. Os olhos, porém, estavam cheios de vingança, e os punhos dos miseráveis se crispavam sobre seus joelhos.

As cinco carroças, escoltadas por guardas a cavalo e beleguins a pé, desapareceram sucessivamente sob o alto portão arqueado de Bicêtre; uma sexta as seguiu, na qual balançavam, misturados, caldeirões, gamelas de cobre e correntes de reserva. Alguns beleguins que haviam se retardado na cantina saíram correndo para se juntar à esquadra. A multidão se dispersou. Todo esse espetáculo se evaporou como uma fantasmagoria. Ouvia-se aos poucos diminuir no ar o pesado ruído das rodas e das patas dos cavalos na estrada pavimentada de Fontainebleau, o estalar dos chicotes, o tinir das correntes e o ulular do povo que desejava má viagem aos forçados.

Para eles, era só o começo!

O que me dizia então o advogado? Trabalhos forçados! Ah, sim, mil vezes a morte! Melhor o cadafalso do que as galés, melhor o nada do que o inferno, melhor entregar meu pescoço à guilhotina do que à golilha! Trabalhos forçados, ó céus!

XV

Por infelicidade eu não estava doente. No dia seguinte tive de deixar a enfermaria. Voltei ao cárcere.

Não estou doente! De fato, sou jovem, sadio e forte. O sangue corre livremente em minhas veias; meus membros obedecem a todos os meus caprichos;

sou robusto de corpo e de espírito, constituído para uma longa vida; sim, tudo isso é verdade; no entanto tenho uma doença, uma doença mortal, uma doença feita pela mão dos homens.

Desde que saí da enfermaria, veio-me uma ideia pungente, uma ideia capaz de me enlouquecer: é que eu talvez pudesse ter-me evadido se me deixassem. Os médicos e as irmãs de caridade pareceram se interessar por mim. Morrer tão jovem e de uma morte como essa! Pareciam condoídos, mostrando-se solícitos à minha cabeceira. Mas era só curiosidade! Além do mais, os que nos curam podem nos curar de uma febre, mas não de uma sentença de morte. No entanto teria sido fácil para eles! Deixar uma porta aberta! Que mal isso lhes causaria?

Agora não há mais chance! Meu recurso será rejeitado, porque tudo está em ordem; as testemunhas testemunharam bem, os advogados advogaram bem, os juízes julgaram bem. Não conto com isso, a menos que... Não, loucura! Não há mais esperança! O recurso é uma corda com que nos suspendem acima do abismo e que se ouve estalar a cada instante, até romper-se. É como se o cutelo da guilhotina levasse seis semanas para cair.

Mas e se eu conseguisse o indulto? Ser absolvido! Mas por quem? E por quê? E como? É impossível que me absolvam. O exemplo! Como dizem.

Só me restam três passos a dar: Bicêtre, a Conciergerie*, a Grève.

---

* A Conciergerie, situada onde hoje funciona o Palácio da Justiça, foi uma prisão conhecida como "antessala da morte", de onde seus prisioneiros só saíam para ir à guilhotina. (N.E.)

XVI

Durante as poucas horas que passei na enfermaria, sentei-me junto a uma janela, ao sol – ele havia retornado –, ou pelo menos recebendo do sol tudo o que as grades da janela deixavam passar.

Estava ali, com a cabeça pesada e febril em minhas mãos, que seguravam mais do que podiam segurar, com os cotovelos sobre os joelhos, os pés nas travessas da cadeira, pois o abatimento me faz curvar-me e dobrar-me sobre mim mesmo, como se não tivesse mais ossos nos membros nem músculos na carne.

O cheiro abafado da prisão me sufocava mais do que nunca, eu tinha ainda nos ouvidos todo aquele ruído de correntes dos forçados, sentia um grande cansaço de Bicêtre. Parecia-me que o bom Deus devia ter piedade de mim e enviar-me pelo menos um passarinho para cantar ali, defronte, na beira do telhado.

Não sei se foi o bom Deus ou o demônio que me atendeu; mas quase no mesmo momento ouvi elevar-se debaixo da minha janela uma voz, não a de um pássaro, mas bem melhor: a voz pura, fresca e aveludada de uma moça de quinze anos. Ergui a cabeça como num sobressalto, escutei avidamente ao que ela cantava. Era uma canção lenta e langorosa, uma espécie de arrulho triste e lamentoso que dizia:

Foi na rua Du Mail
   Que três tiras me pegaram,
     Larará,
   Três patifes da polícia,
     Lererê, larará,

Caíram em cima de mim,
   Lererê, larará.

Eu não saberia dizer quanto foi amargo meu desapontamento. A voz continuou:

Caíram em cima de mim,
   Larará.
Me algemaram,
   Lererê, larará,
Ao delegado me levaram,
   Lererê, larará.
Encontro no meu caminho,
   Lererê, larará,
Um ladrão do bairro,
   Lererê, larará.

Um ladrão do bairro,
   Larará.
– Vai dizer à minha mina,
   Lererê, larará,
Que estou ferrado,
   Lererê, larará.
E a minha mina, furiosa,
   Lererê, larará,
Diz: – Que que você fez?
   Lererê, larará.

Diz: O que você fez?
   Larará.
– Matei um cara,
   Lererê, larará,
E sua grana embolsei,
   Lererê, larará,

A grana e o relógio,
 Lererê, larará,
E um anel prateado,
 Lererê, larará.

E um anel prateado,
 Larará.
A mina parte a Versalhes,
 Lererê, larará,
Aos pés de Sua Majestade,
 Lererê, larará,
Um pedido lhe faz,
 Lererê, larará,
Pra que eu seja libertado.
 Lererê, larará,

Pra que eu seja libertado,
 Larará.
– Ah! Se eu for libertado,
 Lererê, larará,
Vestirei a minha mina,
 Lererê, larará,
Com laços de fita,
 Lererê, larará,
E sapatos de salto alto,
 Lererê, larará.

E sapatos de salto alto,
 Larará.
Mas o rei fica zureta,
 Lererê, larará,
E diz: – Por minha coroa,
 Lererê, larará,

O farei dançar uma dança,
   Lererê, larará,
Onde não há tablado,
   Lererê, larará.

Não ouvi nem teria podido ouvir mais. O sentido em parte explícito, em parte velado dessa queixa, a luta do bandido com a polícia, o ladrão que ele encontra e a quem passa um recado à sua mulher, esta terrível mensagem: Assassinei um homem e fui preso, *matei um cara e estou ferrado*; essa mulher que corre a Versalhes com um pedido, e essa *Majestade* que se indigna e ameaça o culpado de fazê-lo dançar *uma dança onde não há tablado*; e tudo isso cantado do jeito mais doce e pela voz mais doce que já fez ninar ouvidos humanos!... Fiquei compungido, gelado, arrasado. Era repugnante que essas palavras monstruosas saíssem de lábios vermelhos e jovens. Como se fosse a baba de uma lesma sobre uma rosa.

Eu não saberia exprimir o que sentia: sentia-me ao mesmo tempo ferido e acariciado. O patoá dos antros e das prisões, essa língua ensanguentada e grotesca, essa gíria medonha casada a uma voz de mocinha, graciosa transição da voz de criança à voz de mulher! Todas aquelas palavras disformes e malfeitas, cadenciadas, lindamente cantadas.

Ah! Que coisa infame é uma prisão! Nela há um veneno que suja tudo. Tudo perde o viço, mesmo a canção de uma menina de quinze anos! Encontramos um pássaro, há lama em sua asa; colhemos uma linda flor, aspiramos seu cheiro: ela fede.

XVII

Ah, seu eu me evadisse, como correria através dos campos!

Não, correr não. Isso chamaria a atenção e levantaria suspeitas. Ao contrário, caminhar lentamente, de cabeça erguida, cantando. Arranjar um velho blusão de camponês, azul com desenhos vermelhos. É um bom disfarce. Todos os horticultores dos arredores vestem um.

Sei que perto de Arcueil há um bosque ao lado de um pântano onde, no colégio, eu ia com meus colegas pegar rãs às quintas-feiras. É lá que me esconderia até o anoitecer.

À noite, retomaria minha caminhada. Iria a Vincennes. Não, o rio me impediria. Iria a Arpajon. Talvez fosse melhor seguir para os lados de Saint-Germain e ir ao Havre, embarcar para a Inglaterra. Não importa! Quando chego a Longjumeau, passa um guarda, pede meu passaporte... Estou perdido!

Ah! Pobre sonhador, rompe então de vez a parede espessa que te aprisiona! A morte! A morte!

E pensar que vim, quando criança, aqui, a Bicêtre, ver o grande poço e os loucos!...

XVIII

Enquanto escrevia essas palavras, a lamparina empalideceu, o dia clareou, o relógio da capela bateu seis horas.

O que isso quer dizer? O carcereiro de plantão acaba de entrar na minha cela, tirou o boné, me cumprimentou, desculpou-se por me perturbar e me perguntou, suavizando da melhor maneira possível sua rude voz, o que eu desejava para o desjejum...

Senti um calafrio. Seria hoje?

XIX

É hoje!

O próprio diretor da prisão vem visitar-me. Ele me perguntou em que poderia ser-me agradável ou útil, exprimiu o desejo de que eu não tivesse queixas dele ou de seus subordinados, quis saber com interesse como estava minha saúde e como eu passara a noite; ao deixar-me, chamou-me de *senhor*!

É hoje!

XX

Ele não acredita, esse carcereiro, que eu tenha motivos para queixar-me dele ou de seus auxiliares. Tem razão. Seria injusto eu queixar-me; eles cumpriram seu ofício, me guardaram bem; além disso, foram gentis na chegada e na partida. Não devo estar contente?

Esse bom carcereiro, com seu sorriso benigno, suas palavras carinhosas, seu olhar que adula e que espia, suas mãos grossas e grandes, é a prisão em pessoa, é Bicêtre feito homem. Tudo é prisão ao meu redor; reencontro a prisão sob todas as suas formas, tanto sob forma humana quanto sob a forma de grade ou de ferrolho. Essa parede é a prisão em pedra; essa porta, a prisão em madeira; esses carcereiros, a prisão em carne e osso. A prisão é uma espécie de ser horrível, completo, indivisível, metade construção, metade homem. Sou sua presa; ela me incuba, me enlaça com todas as suas pregas. Encerra-me em suas paredes de granito, encadeia-me sob suas fechaduras de ferro e vigia-me com seus olhos de carcereiro.

Ah! Miserável, que será de mim? O que eles vão fazer de mim?

XXI

Estou calmo agora. Tudo está terminado, bem terminado. Saí da horrível ansiedade em que me lançou a visita do diretor. Pois, confesso, eu ainda tinha esperança. Agora, graças a Deus, não espero mais.

Eis o que acaba de se passar:

No momento em que soaram seis e meia, não, eram só seis e um quarto, a porta do meu cárcere voltou a se abrir. Um velho de cabeça branca, vestindo uma capa castanha, entrou. Entreabriu a capa; vi uma batina, um peitilho. Era um padre.

Esse padre não era o capelão da prisão, o que me pareceu sinistro.

Sentou-se à minha frente com um sorriso benévolo; depois sacudiu a cabeça e ergueu os olhos ao céu, ou seja, à abóbada do cárcere. Compreendi.

– Meu filho – ele me disse –, está preparado?

Respondi-lhe com uma voz fraca:

– Não estou preparado, mas estou pronto.

Nesse momento minha vista se turvou, um suor gelado saiu de todos os meus membros, senti as têmporas latejarem, e zumbidos encheram meus ouvidos.

Enquanto eu vacilava na cadeira como que adormecido, o bom velho falava. Pelo menos foi o que me pareceu, e creio lembrar ter visto seus lábios se mexerem, suas mãos se agitarem, seus olhos reluzirem.

A porta voltou a se abrir uma segunda vez. O ruído dos ferrolhos nos arrancou, a mim, do estupor, a ele, do seu discurso. Um homem de traje preto, acompanhado do diretor da prisão, apresentou-se e me cumprimentou com uma reverência. Esse homem tinha no rosto algo da tristeza oficial dos empregados das funerárias. Segurava um rolo de papel na mão.

– Senhor – disse-me com um sorriso de cortesia –, sou meirinho junto à corte real de Paris. Tenho a honra de lhe trazer uma mensagem da parte do sr. procurador-geral.

O primeiro choque havia passado. Toda a minha presença de espírito retornou.

– É o sr. procurador-geral – respondi – que pediu tão insistentemente a minha cabeça? Muito me honra que ele me escreva. Espero que minha morte lhe dê grande satisfação, pois seria duro pensar que ele a solicitou com tanto ardor e que ela lhe fosse indiferente.

Falei assim e continuei com uma voz firme:

– Leia, senhor.

Ele pôs-se a ler um longo texto, cantando no final de cada linha e hesitando no meio de cada palavra. Era a rejeição do meu recurso.

– A sentença será executada hoje na Place de Grève – acrescentou após terminar sua leitura sem levantar os olhos do papel timbrado. – Partimos às sete horas e meia precisas para a prisão da Conciergerie. Meu caro senhor, fará a extrema bondade de me acompanhar?

Havia alguns instantes que eu não o escutava mais. O diretor conversava com o padre; o meirinho continuava de olhos fixos no papel; olhei a porta, que ficara entreaberta.

– Ah! Pobre de mim, quatro fuzileiros no corredor!

O meirinho repetiu a pergunta, olhando para mim desta vez.

– Quando quiser – respondi. – Ao seu dispor!

Ele me saudou, dizendo:

– Terei a honra de vir buscá-lo dentro de meia hora.

Então me deixaram a sós.

Um meio de fugir, meu Deus, um meio qualquer! Preciso fugir, preciso! Agora mesmo! Pelas portas, pelas janelas, pela armação do teto! Nem que tenha de deixar pedaços da minha carne nas vigas!

Ó raiva! Demônios! Maldição! Eu precisaria de meses para furar essa parede com bons instrumentos, e não tenho um prego sequer, nem uma hora!

XXII

Na prisão da Conciergerie.

Eis-me *transferido*, como diz o registro oficial.

Mas a viagem vale a pena ser contada.

Eram sete e meia quando o meirinho se apresentou novamente na entrada do meu cárcere.

– Senhor, eu o espero – ele me disse.

Ai de mim, ali estavam ele e os outros.

Levantei-me, dei um passo; achei que não poderia dar o segundo tão pesada estava a minha cabeça e tão fracas as pernas. Mas me recompus e continuei com um andar bastante firme. Antes de sair, dei um último olhar à cela. Eu a amava, minha cela. Depois a deixei vazia e aberta, o que lhe dava um aspecto singular.

Mas não ficará assim por muito tempo. Alguém é esperado ali esta noite, disseram os guarda-chaves, um condenado que o tribunal está acabando de julgar.

No corredor, o capelão juntou-se a nós. Ele acabara de fazer seu desjejum.

Ao sair do pavilhão das celas, o diretor apertou-me afetuosamente a mão e reforçou com quatro guardas minha escolta.

Ao passar diante da enfermaria, um velho moribundo gritou-me: Até breve!

Chegamos ao pátio. Respirei; isso me fez bem.

Não caminhamos por muito tempo ao ar livre. Uma viatura puxada por cavalos estava estacionada no primeiro pátio; era a mesma viatura que havia me trazido, espécie de cabriolé oblongo, dividido em duas seções por uma grade transversal de arame tão espesso que parecia tricotado. As duas seções têm cada qual uma porta, uma na frente, a outra atrás. Tudo tão escuro, sujo e empoeirado que o carro fúnebre dos pobres, em comparação, é um carro de luxo.

Antes de entrar nesse túmulo de duas rodas, lancei um olhar ao pátio, um desses olhares desesperados diante dos quais parece que as paredes vão desabar. O pátio, uma pequena praça plantada de árvores, estava ainda mais cheia de espectadores do que para os forçados. Era já a multidão!

Como no dia da partida dos acorrentados, caía uma chuva própria da estação, uma chuva fina e gelada que ainda cai neste momento em que escrevo, que certamente cairá o dia todo, que vai durar mais do que eu.

Os caminhos do pátio estavam cobertos de lodo e água. Senti prazer em ver aquela multidão na lama.

O meirinho e um guarda subiram no compartimento dianteiro; o padre, eu e outro guarda, no traseiro. Mais quatro guardas a cavalo em volta da viatura. Assim, sem contar o cocheiro, oito homens para cuidar de um só.

Enquanto eu subia, uma velha de olhos cinzentos disse:

– Prefiro isso aos acorrentados.

Compreendo. É um espetáculo que se abarca mais facilmente com o olhar, que se pode ver mais depressa. É igualmente belo e mais cômodo. Nada distrai. Há somente um homem, e sobre esse homem o mesmo tanto de miséria quanto sobre todos os forçados juntos. É menos dispersivo; é como um suco concentrado, bem mais saboroso.

A viatura se moveu. Fez um ruído abafado ao passar sob o arco do portão principal, depois entrou na avenida, e os pesados batentes de Bicêtre se fecharam atrás dela. Eu me sentia transportado com estupor, como um homem em letargia incapaz de se mexer e de gritar, e que ouve que o enterram. Escutava vagamente as campainhas penduradas ao pescoço dos cavalos soando em cadência e como que soluçando, as rodas de ferro retinindo no pavimento ou batendo na carroceria quando mudavam de piso, o galope sonoro dos guardas em volta da viatura, o estalar do chicote do cocheiro. Tudo isso era como um turbilhão que me arrastava.

Através da grade de um postigo à minha frente, meus olhos se fixaram na inscrição gravada em grandes letras acima do portão principal de Bicêtre: Hospital da Velhice.

– Veja, tem gente que envelhece aí – pensei.

E, como acontece entre a vigília e o sono, revirei essa ideia em todos os sentidos no meu espírito entorpecido de dor. Depois, quando a viatura passou da avenida para a estrada principal, o ponto de vista mudou. As torres da Notre-Dame vieram se enquadrar na abertura do postigo, azuladas e meio apagadas na bruma de Paris. Imediatamente, o ponto de vista do meu espírito também mudou. Eu me transformara em máquina como a viatura. A ideia de Bicêtre foi substituída pela ideia das torres de Notre-Dame.

– Os que estiverem na torre onde está a bandeira devem enxergar bem – disse a mim mesmo, sorrindo estupidamente.

Acho que foi nesse momento que o padre voltou a falar comigo. Deixei que ele falasse, pacientemente. Já tinha nos ouvidos o ruído das rodas, o galope dos cavalos, o chicote do cocheiro. Era um ruído a mais.

Eu escutava em silêncio aquelas palavras monótonas que faziam adormecer meu pensamento como o murmúrio de uma fonte, e que passavam diante de mim, sempre diversas e sempre as mesmas, como os olmos torcidos da estrada, quando a voz breve e brusca do meirinho, sentado à frente, veio me sacudir.

– Então, sr. abade – ele disse num tom quase alegre –, está sabendo da novidade?

O padre, que me falava sem parar e que a viatura ensurdecia, não respondeu.

– Êi! Êi! – continuou o meirinho, erguendo a voz para se sobrepor ao barulho das rodas. – Que viatura infernal!

Infernal, de fato.

Ele continuou.

– São os solavancos, certamente; a gente não se ouve. O que é mesmo que eu queria dizer? – Ah! escutou o que eu quis dizer, sr. abade? Sabe qual é a grande novidade de Paris, hoje?

Estremeci, como se ele falasse de mim.

– Não – disse o padre, que finalmente ouviu –, não tive tempo de ler os jornais esta manhã. Lerei à noite. Quando estou ocupado assim o dia inteiro, peço ao porteiro que me guarde os jornais e os leio ao voltar para casa.

– Oh! – prosseguiu o meirinho. – É impossível que não saiba. A novidade de Paris! A notícia desta manhã!

Tomei a palavra. – Acho que sei.

O meirinho me olhou.

– O senhor? Nesse caso, o que pensa?

– Está sendo curioso – eu disse a ele.

– Por que, senhor? – replicou o meirinho. – Cada um tem sua opinião política. Estimo-o muito para crer que não tenha a sua. Quanto a mim, sou inteiramente de opinião que a guarda nacional deve ser restabelecida. Fui sargento do meu batalhão e, confesso, foi muito agradável.

Eu o interrompi.

– Achei que não era disso que se tratava.

– E de que mais então? O senhor disse saber a novidade...

– Eu falava de outra, da qual Paris também se ocupa hoje.

O imbecil não compreendeu; sua curiosidade foi despertada.

– Outra novidade? Diabos, onde pôde ficar sabendo de novidades? Diga qual é, meu caro senhor. Sabe do que se trata, sr. abade? Está mais bem informado do que eu? Coloque-me a par, por favor. Do que se trata? Estão vendo que gosto de novidades. Conto-as ao sr. juiz-presidente, e isso o diverte.

E prosseguiu com frivolidades. Voltava-se ora para o padre, ora para mim, e eu respondia apenas alçando os ombros.

– Então – ele me disse – não vai me dizer o que pensa?

– Penso que não mais pensarei esta noite.

– Ah! Então é isso! – replicou. – Vamos, não fique triste! O sr. Castaing conversava no caminho.

E, após um silêncio:

– Conduzi o sr. Papavoine; estava com seu gorro de pele de lontra e fumava um charuto. Quanto aos jovens de La Rochelle, apenas falavam entre si. Mas falavam.

Fez uma nova pausa e prosseguiu:

– Loucos! Entusiastas! Pareciam desprezar todo o mundo... Mas vejo que está muito pensativo, meu jovem.

– Jovem? Sou mais velho do que o senhor. Cada quarto de hora que passa me envelhece um ano.

Ele se virou, me olhou por alguns momentos com um espanto inepto, depois gracejou:

– Vamos, está brincando, mais velho do que eu! Eu poderia ser seu avô.

– Não estou brincando – respondi gravemente.

Ele abriu sua caixa de rapé.

– Olhe, caro senhor, não se incomode; uma pitada de rapé e não guarde rancor de mim.

– Não se preocupe; não terei muito tempo para guardar rancor.

No momento em que ele estendia a caixa de rapé através da grade que nos separava, um solavanco a fez chocar-se violentamente contra a grade e cair aberta junto aos pés do guarda.

– Maldita grade! – exclamou o meirinho.

Ele se virou para mim.

– Está vendo como sou azarado? Todo o meu rapé perdido!

– Perco mais do que o senhor – respondi, sorrindo.

Ele tentou juntar o rapé, resmungando entre os dentes:

– Mais do que eu! Isso é fácil de dizer. Sem rapé até Paris! É terrível!

O padre dirigiu-lhe então algumas palavras de consolo; não sei se era porque eu estava distraído, mas pareceu-me a continuação da exortação que ele começara a me fazer. Aos poucos se estabeleceu uma conversa entre o padre e o meirinho; deixei-os a falar entre si e fiquei a pensar, por meu lado.

Ao entrarmos na cidade, eu certamente continuava preocupado, mas tive a impressão de que Paris estava mais ruidosa que de costume.

A viatura parou um momento diante da alfândega municipal. Os funcionários a inspecionaram. Se fosse uma ovelha ou um boi que levassem ao matadouro, seria preciso pagar uma taxa; mas uma cabeça humana não paga imposto. Passamos.

Depois das avenidas, a viatura meteu-se a trote acelerado pelas velhas ruas tortuosas dos bairros Saint-Marceau e de La Cité, que serpenteiam e se entrecortam como as trilhas de um formigueiro. Sobre o calçamento dessas ruas estreitas, a marcha da viatura tornou-se tão rápida e barulhenta que eu não ouvia mais nada do exterior. Quando lancei os olhos pela pequena abertura quadrada, vi passantes que se detinham para olhar a viatura e bandos de crianças que corriam atrás dela. Pareceu-me também ver de vez em quando, nas esquinas, um homem ou uma velha esfarrapados, às vezes os dois juntos, segurando nas mãos um maço de folhas impressas que os passantes disputavam, e abrindo a boca como quem grita.

Soavam oito e meia no relógio do Palácio de Justiça quando chegamos lá. A vista da grande escadaria, da capela escura, das sinistras janelinhas, me congelou. Quando a viatura parou, achei que as batidas do meu coração iam parar também.

Juntei minhas forças; a porta se abriu com a rapidez de um raio; saltei do meu cárcere de rodas e penetrei a passos rápidos sob o pórtico, entre duas fileiras de soldados. Uma multidão já havia se formado à minha passagem.

XXIII

Enquanto caminhei pelas galerias públicas do Palácio de Justiça, me senti quase livre e à vontade; mas toda a minha resolução me abandonou quando se abriram diante de mim portas baixas, escadas secretas, corredores internos, longos corredores abafados onde só entram os que condenam ou os que são condenados.

O meirinho me acompanhava sempre. O padre me deixara para voltar dentro de duas horas: tinha outros afazeres.

Conduziram-me ao gabinete do diretor, em cujas mãos o meirinho me entregou. Era uma troca. O diretor pediu que ele esperasse um instante, ia ver se teria *caça* a lhe entregar, a fim de levá-la na mesma hora a Bicêtre com o retorno da viatura. Certamente o condenado de hoje, o que deve se deitar esta noite no feixe de palha que não tive tempo de usar.

– Ótimo – disse o meirinho ao diretor –, vou aguardar. Melhor assim, faremos os dois registros administrativos ao mesmo tempo.

Enquanto isso, levaram-me a uma pequena sala anexa à do diretor. Ali fui deixado a sós, bem aferrolhado.

Não sei em que eu pensava nem quanto tempo fazia que estava ali quando uma brusca e violenta risada me despertou do meu devaneio.

Levantei os olhos, tremendo. Não estava mais sozinho na cela. Um homem se achava ali comigo, um homem de uns cinquenta e cinco anos, estatura média; enrugado, curvado, começando a ficar grisalho; membros atarracados, olhos vesgos e cinzentos, um riso amargo no rosto; sujo, esfarrapado, seminu, repugnante ao olhar.

Parece que a porta fora aberta e o vomitara, depois voltara a se fechar sem que eu notasse. Ah, se a morte pudesse chegar assim!

Olhamo-nos por alguns segundos fixamente, o homem e eu; ele, prolongando seu riso que se assemelhava a um estertor; eu, meio atônito, meio assustado.

– Quem é o senhor? – perguntei-lhe enfim.

– Estranha pergunta! – ele respondeu. – Um *friauche*.*

– *Friauche*! O que isso quer dizer?

A pergunta redobrou sua satisfação.

– Quer dizer – exclamou em meio a uma gargalhada – que o *cepo* jogará no cesto minha *sorbonne* daqui a seis semanas, como fará com a sua *goela* daqui a seis horas. Ha, ha, ha! Parece que compreende agora.

De fato, fiquei pálido e de cabelos eriçados. Era o outro condenado, o condenado do dia, o que esperavam em Bicêtre, meu herdeiro.

Ele continuou:

– O que quer? Aqui está minha história. Sou filho de um bom ladrão; pena que *Charlot*** deu-se o trabalho de um dia apertar-lhe a gravata. Foi quando ainda reinava a forca, pela graça de Deus. Aos seis anos, eu não tinha mais pai nem mãe; no verão, exibia-me na poeira à beira das estradas para que me jogassem uma moeda pela janela das carruagens; no inverno, andava descalço na lama, assoprando meus dedos arroxeados; minhas coxas se viam pelos rasgões da calça. Aos nove anos comecei a me servir de minhas mãos. De vez em quando esvaziava uma bolsa, surrupiava um casaco; aos dez anos, era um punguista. Depois fiz amizades; aos dezessete, era

---
* Condenado que recorreu da sentença, na gíria francesa. (N.T)
** O carrasco. (N.T)

um ladrão completo. Forçava uma loja, falsificava chaves. Pegaram-me. Eu já tinha idade e me enviaram a remar nas galés. Trabalho forçado é duro; deitar numa tábua, beber água suja, comer pão velho, arrastar uma bola de ferro imbecil que não serve pra nada, recebendo o sol e cacetadas nas costas. Ainda por cima nos raspam a cabeça, eu que tinha belos cabelos castanhos! Não importa!... Cumpri minha pena. Quinze anos, não é mole! Eu estava com trinta e dois anos. Um belo dia me deram uma folha de papel e sessenta e seis francos que juntei nos quinze anos de galés, trabalhando dezesseis horas por dia, trinta dias por mês e doze meses por ano. Tanto faz, eu queria ser honesto com meus sessenta e seis francos, e tinha melhores sentimentos debaixo de meus farrapos que debaixo da batina de um padre. Mas aquela maldita folha de papel! Era amarela e trazia escrito no alto: *forçado liberto*. Precisava mostrá-la em toda parte onde passava e apresentá-la a cada oito dias ao prefeito da cidade onde me forçavam a ficar. Que bela recomendação! Um forçado das galés! Eu causava medo, as crianças fugiam de mim, e as portas se fechavam. Ninguém queria me dar trabalho. Comi meus sessenta e seis francos e precisava arranjar um jeito de viver. Mostrei meus braços fortes para o trabalho, fecharam-me as portas. Ofereci minha jornada por quinze, por dez, por cinco vinténs. Nada. Que fazer? Um dia eu estava com fome e esbarrei na barraca de um padeiro; peguei um pão e o padeiro me pegou; não comi o pão e fui condenado a trabalhos forçados perpétuos, com três letras marcadas a fogo no ombro. Posso lhe mostrar se quiser. Essa justiça é chamada a *recidiva*. Fui mandado de volta à prisão, desta vez a Toulon, com os bonés verdes. Era preciso fugir. Para isso eu precisava furar três paredes, cortar duas correntes, e tinha só um prego. Mas fugi. Dispararam o canhão de alerta; pois somos como os cardeais de Roma, vestidos de vermelho, e dispararam o canhão quando partimos. Apenas assustou os pardais. Dessa vez, sem folha amarela, mas também sem dinheiro. Voltei a encontrar companheiros que também haviam cumprido pena ou escapado. O chefão me propôs entrar no bando, eles assaltavam e assassinavam nas estradas. Aceitei, e passei a matar para viver. Às vezes era uma diligência, às vezes uma carruagem postal, ou um negociante de bois a cavalo. Pegávamos o dinheiro, abandonávamos o carro e soltávamos o animal, enterrando o homem debaixo de uma árvore, com o cuidado de não deixar os pés à mostra; depois dançávamos sobre a cova para que a terra não parecesse recém revolvida. Envelheci assim, morando no mato, dormindo sob as estrelas, perseguido de bosque em bosque, mas ao menos livre e dono de mim. Mas tudo acaba, seja de um jeito ou de outro. Uma bela noite os tiras nos pegaram. Meus comparsas conseguiram escapar, mas eu, mais velho, caí nas garras daqueles gatos de chapéu galonado. Trouxeram-me para cá. Eu já havia percorrido todas as etapas, menos uma. Ter roubado um lenço ou matado um homem, para mim, agora era a mesma coisa; havia mais uma recidiva a me aplicarem. Só me restava passar pelo ceifador. Meu processo foi curto. Afinal, eu começava a envelhecer e não servia mesmo pra nada. Meu pai já havia casado com a "viúva" e me aposento na abadia do Sobe-com-Saudade. É isso aí, companheiro.

Fiquei estupefato ao escutá-lo. Ele pôs-se de novo a rir, mais alto ainda do que ao começar, e quis pegar minha mão. Recuei, com horror.

– O amigo não parece muito corajoso – ele me disse. – Não vá se borrar diante da morte. Veja, há um mau momento a passar na praça pública, mas passa rápido! Gostaria de estar lá para lhe mostrar como se cai de costas. Com os diabos! Nem pensaria em recorrer da sentença, se quisessem hoje me ceifar com o senhor. O mesmo padre serviria a nós dois. E não me importo de ficar com os seus restos mortais. Está vendo que sou um bom rapaz. E então? Diga o que quer. Amizade é isso!

Deu mais um passo para se aproximar de mim.

– Senhor – respondi, afastando-o –, eu lhe agradeço.

Novas risadas à minha resposta.

– Ah! Ah! Então o senhor é um marquês! Um marquês.

Eu o interrompi.

– Meu amigo, preciso me concentrar, deixe-me.

A gravidade das minhas palavras o fez ficar de repente pensativo. Ele sacudiu a cabeça grisalha e quase calva; depois, coçando com as unhas o peito peludo, que se oferecia nu sob a camisa aberta:

– Compreendo – ele murmurou entre os dentes –, o javali!...

E, após alguns instantes de silêncio:

– Olhe – disse quase timidamente –, o senhor é um marquês, é muito elegante, mas tem um belo casaco que não lhe servirá pra nada! O carrasco ficará com ele. Dê pra mim, posso vendê-lo pra conseguir tabaco.

Tirei meu casaco e lhe dei. Ele começou a bater palmas com uma alegria infantil. Depois, vendo que eu tremia ao ficar só de camisa:

– Está com frio, senhor, vista isto; chove e vai se molhar na chuva; além do mais, é preciso apresentar-se decentemente na carroça.

Ao falar assim, tirou sua grosseira jaqueta de lã cinza e a enfiou nos meus braços. Deixei que o fizesse.

Então fui me apoiar contra a parede, e não saberia dizer que efeito aquele homem me causava. Ele se pôs a examinar o casaco que eu lhe dera, e a todo instante soltava gritos de contentamento.

– Os bolsos estão novos! A gola não está puída! Conseguirei pelo menos quinze francos. Que sorte! Tabaco para as minhas seis semanas!

A porta voltou a se abrir. Vinham buscar a nós dois. Eu, para ser levado ao quarto onde os condenados esperam a hora; ele, para ser levado a Bicêtre. Rindo, em meio ao piquete que devia conduzi-lo, ele disse aos guardas:

– Olhem lá! Não se enganem. Trocamos de casaco, este senhor e eu; mas não me tomem por ele. Diabos! O casaco não me serve, mas agora tenho como arranjar tabaco!

XXIV

Aquele velho celerado tirou-me o casaco, pois não lhe dei, e deixou-me este farrapo, sua jaqueta infame. O que vou parecer com isso?

Não foi por indiferença ou caridade que o deixei tirar meu casaco. Não. É que ele era mais forte do que eu. Se eu tivesse recusado, ele teria batido em mim com seus grossos punhos.

Que caridade, que nada! Eu estava cheio de maus sentimentos. Quisera ter podido estrangular com minhas mãos o velho ladrão, tê-lo pisado sob meus pés!

Sinto o coração cheio de raiva e de amargura. Acho que a bolsa de fel rebentou. A morte nos faz cruéis.

XXV

Fui levado a uma cela onde há somente as quatro paredes, com muitas barras na janela e muitos ferrolhos na porta, nem é preciso dizer.

Pedi uma mesa, uma cadeira e o que é preciso para escrever. Trouxeram-me tudo isso.

Depois pedi um leito. O carcereiro me olhou com aquele olhar de espanto que parece dizer: "para quê?".

No entanto puseram um leito de campanha num canto. Mas ao mesmo tempo um guarda veio se instalar no que chamam *meu quarto*. Têm medo de que eu me estrangule com as tiras de lona do leito?

XXVI

São dez horas.

Ó minha pobre filha! Mais seis horas e estarei morto! Serei uma coisa imunda que colocarão na mesa fria dos anfiteatros; uma cabeça da qual farão um molde, de um lado, um tronco a dissecar, de outro; e o resto será posto num caixão e levado ao cemitério de Clamart.

Eis o que farão de teu pai, esses homens. Nenhum dos quais me odeia, homens que têm pena de mim e que poderiam me salvar. Vão me matar. Compreende isso, Marie? Matar-me a sangue frio, em cerimônia, para o bem de todos! Ah, grande Deus!

Pobre menina! Teu pai que te amava tanto, que beijava teu pescocinho branco e perfumado, que passava a mão nos cachos sedosos dos teus cabelos, que pegava teu lindo rosto redondo nas mãos, que te fazia saltar sobre os joelhos e à noite juntava tuas mãos para rezar a Deus!

Quem te fará tudo isso agora? Quem te amará? Todas as crianças da tua idade terão pais, com exceção de ti. Como esquecerás, minha criança, o dia do aniversário, os belos presentes, os bombons e os beijos? Como esquecerás, pobre órfã, quem te fazia beber e comer?

Ah! Se os jurados ao menos tivessem visto minha pequena Marie! Teriam compreendido que não se deve matar o pai de uma criança de três anos.

E quando crescer, se chegar a crescer, o que será dela? Seu pai será uma das lembranças do povo de Paris. Meu nome a fará corar; será desprezada e rechaçada por minha causa, eu que a amo com toda a ternura do meu coração. Ó minha bem-amada Marie! Será verdade que terás vergonha e horror de mim?

Miserável! Que crime cometi e que crime faço a sociedade cometer!

Oh, é verdade que morrerei antes do fim do dia? É realmente verdade que sou eu? Esse ruído abafado de gritos que ouço lá fora, essa gente alegre que já se apressa nas ruas, esses guardas que se preparam em suas casernas, esse padre de batina preta, esse outro homem de mãos vermelhas, isso é para mim! Sou eu que vou morrer! Eu, o mesmo que está aqui, que vive, que se movimenta, que respira, que está sentado a esta mesa, semelhante a outra mesa qualquer, e que poderia estar noutra parte. Eu, enfim, esse eu que toco e que sinto, e cuja roupa faz essas dobras!

XXVII

Se eu soubesse ao menos como acontece e de que maneira se morre desse jeito! Mas é horrível, não sei.

O nome da coisa é medonho, e não compreendo como pude até agora escrevê-lo e pronunciá-lo.

A combinação dessas dez letras, seu aspecto, sua fisionomia, é feita para despertar uma ideia assustadora, e o médico infeliz que a inventou a coisa tinha um nome predestinado.

A imagem que associo a ela, a essa palavra medonha, é vaga, indeterminada, e tanto mais sinistra. Cada sílaba é como uma peça da máquina. Construo e faço demolir a todo instante, em meu espírito, sua monstruosa estrutura.

Não ouso fazer a pergunta, mas é terrível não saber o que é nem como funciona. Parece que há uma báscula e que somos deitados sobre o ventre... Ah! meus cabelos ficarão brancos antes que minha cabeça caia!

XXVIII

No entanto a entrevi uma vez.

Um dia eu passava pela Place de Grève, de carro, por volta das onze horas da manhã. De repente o carro parou.

Havia uma multidão na praça. Pus a cabeça pela portinhola. Uma populaça enchia o local, havia homens, mulheres e crianças de pé, formando um círculo. Acima das cabeças, via-se uma espécie de estrado de madeira vermelha que três homens montavam.

Um condenado devia ser executado naquele dia, e a máquina estava sendo testada.

Desviei a cabeça antes de olhar. Ao lado do carro, uma mulher dizia a uma criança:

– Olhe! O cutelo não desliza bem, eles vão untar a ranhura com um toco de vela.

É provavelmente o que fazem hoje, lá. Acabam de soar onze horas. Decerto estão untando a ranhura.

Ah, desgraçado! Desta vez não desviarei a cabeça.

XXIX

Ó, meu indulto, meu indulto! Talvez me deem o indulto! O rei não me quer mal. Chamem meu advogado! Depressa, o advogado! Prefiro as galés. Cinco anos de galés e tudo está resolvido – ou vinte anos – ou galés perpétuas com ferro em brasa. Mas poupem a vida!

Um forçado ainda anda, vai e vem, ainda vê o sol.

XXX

O padre voltou.

Tem cabelos brancos, um ar muito doce, uma boa e respeitável figura; é de fato um homem excelente e caridoso. Esta manhã o vi esvaziar sua bolsa nas mãos dos prisioneiros. Como se explica então que sua voz não me comova? Como se explica que ainda não tenha me dito nada que me pegue pela inteligência ou pelo coração?

Esta manhã eu estava transtornado. Mal escutei o que ele disse. No entanto suas palavras me pareceram inúteis, e permaneci indiferente: escorreram como a chuva fria na vidraça gelada.

Mas, quando retornou há pouco perto de mim, sua visão me fez bem. De todos os homens, é o único que ainda é homem para mim, pensei. E ele me deu uma sede ardente de boas e consoladoras palavras.

Ficamos sentados, ele na cadeira, eu no leito. Ele me disse:

– Meu filho...

Essas palavras me abriram o coração. Continuou:

– Meu filho, você acredita em Deus?

– Sim, meu pai – respondi.

– Acredita na Santa Igreja católica, apostólica e romana?

– Certamente – eu disse.

– Meu filho – ele retomou –, você parece duvidar.

E pôs-se então a falar. Falou por muito tempo, disse muitas palavras; depois, quando acreditou ter terminado, levantou-se e me olhou pela primeira vez desde o começo do seu discurso, interrogando-me:

– O que diz?

Confesso que primeiro o havia escutado com avidez, depois com atenção, por fim com esforço.

Levantei-me também.

– Senhor – respondi – deixe-me só, eu lhe peço.

Ele me perguntou:

– Quando posso voltar?

– Eu lhe comunicarei.

Então ele saiu, sem cólera, mas sacudindo a cabeça como quem diz a si mesmo:

"Um ímpio!"

Não, por mais baixo que eu tenha caído, não sou um ímpio, e Deus é testemunha de que creio nele. Mas o que me disse, esse velho? Nada de sentido, de enternecido, de chorado, de arrancado da alma, nada que partisse do seu coração para chegar ao meu, nada que viesse dele a mim. Ao contrário, apenas algo vago, não acentuado, aplicável a tudo e a todos; enfático quando era necessário haver profundidade, vulgar quando devia ser simples; uma espécie de sermão sentimental e de elegia teológica. Aqui e acolá, uma citação em latim. Santo Agostinho, São Gregório, sei lá! Além do mais, ele parecia recitar uma lição já vinte vezes recitada, repassar um tema, obliterado em sua memória à força de ser sabido. Nenhum olhar nos olhos, nenhum acento na voz, nenhum gesto nas mãos.

E como seria de outro modo? Esse padre é o capelão titular da prisão. Sua função é consolar e exortar, e ele vive disso. Os forçados, os pacientes, são o motor de sua eloquência. Ele os confessa e os assiste, porque sua tarefa é essa. Envelheceu levando os homens a morrer. Há muito está habituado ao que faz os outros estremecer; seus cabelos brancos não se eriçam mais; os trabalhos forçados e o cadafalso são coisas diárias para ele. Está insensibilizado. Provavelmente tem seu caderno; em tal página os forçados, em tal página os condenados à morte. Na véspera o avisam que haverá alguém a consolar no dia seguinte a tal hora; ele pergunta se é um forçado ou um supliciado; relê a página e vem. Desse modo, os que vão a Toulon e à Place de Grève são um lugar-comum para ele, e vice-versa.

Oh! Em vez disso, que procurem para mim um jovem vigário, ou um velho cura, ao acaso, na paróquia mais próxima, que o surpreendam junto à lareira, lendo seu livro e sem estar à espera de nada, digam a ele:

– Um homem vai morrer, e é preciso que o senhor vá consolá-lo. É preciso que esteja lá quando lhe atarem as mãos, quando lhe rasparem os cabelos; que suba em sua carroça com o crucifixo para lhe ocultar o carrasco; que vá sacolejando com ele pela rua até a Place de Grève; que atravesse com ele a horrível multidão sedenta de sangue; que o abrace ao pé do cadafalso e continue ali até a cabeça se separar do corpo.

Então, que me tragam esse homem, palpitante, estremecido da cabeça aos pés; que me lancem em seus braços, a seus joelhos! E ele chorará, e nós choraremos, e ele será eloquente, e eu serei consolado, e meu coração se aliviará no dele, ele tomará minha alma, e eu tomarei seu Deus.

Mas o que é para mim esse bom velho? O que sou para ele? Um indivíduo infeliz, uma sombra como tantas que ele já viu, uma unidade a acrescentar ao número das execuções.

Talvez eu cometa um erro ao rechaçá-lo assim; ele é que é bom, e eu é que sou mau. Ai! A culpa não é minha. É o meu sopro de condenado que estraga e faz murchar tudo.

Vieram trazer-me a comida; acreditaram que eu teria necessidade. Uma refeição delicada e requintada, um frango, parece-me, e outras coisas mais. Pois bem, tentei comer; mas, à primeira bocada, tudo caiu da boca, tão amargo e fétido me pareceu!

XXXI

Acaba de entrar um senhor, de chapéu na cabeça, que mal me olhou, abriu uma fita métrica e pôs-se a medir de cima a baixo as pedras da parede, falando em voz muito alta e dizendo ora "é isso", ora "não é isso".

Perguntei ao guarda quem era. Parece que é um arquiteto empregado da prisão.

Sua curiosidade acabou se voltando para mim. Ele trocou algumas palavras com o guarda-chaves que o acompanhava; depois fixou por um instante os olhos em mim, sacudiu a cabeça com um ar despreocupado, e voltou a falar em voz alta e a tomar medidas.

Terminada sua tarefa, aproximou-se de mim e falou com sua voz sonora:

– Meu bom amigo, dentro de seis meses esta prisão será muito melhor.

E seu gesto parecia acrescentar: "Pena que não aproveitará".

Ele quase sorria. Acreditei ver o momento em que me faria um leve gracejo, como se faz a uma noiva na noite de núpcias.

Meu guarda, velho soldado com muitos anos de serviço, encarregou-se da resposta.

– Senhor, não se fala tão alto na câmara de um morto.

O arquiteto foi embora.

Fiquei ali, como uma das pedras que ele media.

XXXII

Depois me aconteceu uma coisa ridícula.

Vieram substituir meu bom velho guarda, a quem, ingrato egoísta que sou, apenas apertei a mão. Outro tomou seu lugar: homem de testa curta, olhos de boi, uma figura inepta.

Mas eu nem havia prestado atenção nele. Estava de costas viradas para a porta, sentado diante da mesa; tentava refrescar minha testa com a mão, e meus pensamentos turvavam meu espírito.

Uma leve batida no ombro me fez virar a cabeça. Era o novo guarda, com quem eu estava a sós.

Eis mais ou menos de que forma ele me dirigiu a palavra:

– Criminoso, tem bom coração?

– Não – respondi.

A brusquidão da resposta pareceu desconcertá-lo. No entanto ele continuou, hesitante:

– Ninguém é mau pelo prazer de ser mau.

– Por que não? – repliquei. – Se tem só isso a me dizer, deixe-me. Aonde está querendo chegar?

– Perdão, criminoso – ele disse. – Duas palavras apenas. As seguintes. Se pudesse fazer a felicidade de um pobre homem e isso nada lhe custasse, não o faria?

Dei de ombros.

– Está vindo de Charenton?* Escolheu um vaso estranho de onde tirar felicidade. Eu, fazer a felicidade de alguém!

Ele baixou a voz e assumiu um ar misterioso, o que não combinava com sua figura idiota.

– Sim, criminoso, sim, felicidade, fortuna. Tudo isso me poderá vir de você. O seguinte. Sou um pobre guarda. O serviço é pesado, o pagamento, pequeno; meu cavalo me arruína. Então jogo na loteria para contrabalançar. É preciso saber jogar. Até agora, só me faltaram os bons números para ganhar. Procuro em toda parte os números da sorte e sempre caio ao lado. Jogo no 76, sai o 77. Por mais que os procure, eles não vêm... Um pouco de paciência, por favor, estou terminando. Ora, eis uma boa ocasião para mim. Perdoe-me, criminoso, mas parece que vai morrer hoje. É certo que os mortos que fazem perecer desse jeito veem a loteria antecipadamente. Prometa vir amanhã à noite, que problema isso pode lhe causar?, me dar três números, três bons números, certo? Não tenho medo de assombração, fique tranquilo. Aqui está meu endereço: Caserna Popincourt, escada A, nº 26, no fundo do corredor. Você me reconhecerá, não é? Venha mesmo hoje à noite, se lhe for mais cômodo.

Eu teria desdenhado responder a esse imbecil se uma esperança louca não tivesse me atravessado o espírito. Na situação desesperada em que estou, acredita-se por momentos poder romper uma corrente de ferro com um fio de cabelo.

---
* Nome de um antigo manicômio, em Paris. (N.T.)

– Escute – eu disse, bancando o ator, tanto quanto pode sê-lo quem vai morrer –, posso de fato te deixar mais rico que o rei, te fazer ganhar milhões. Com uma condição.

Ele arregalou os olhos estúpidos.

– Qual? Qual? Farei tudo para lhe agradar, meu criminoso.

– Em vez de três números, te prometo quatro. Troque de roupa comigo.

– Se for só isso! – ele exclamou, começando a desabotoar seu uniforme.

Levantei-me de minha cadeira. Observava todos os movimentos dele, meu coração palpitava. Via já as portas se abrirem diante do uniforme de guarda, e a praça, e a rua e o Palácio de Justiça atrás de mim!

Mas ele se virou com um ar indeciso.

– Ah! Mas não é para sair daqui, é?

Compreendi que tudo estava perdido. No entanto fiz um último esforço, inútil e insensato.

– É – respondi –, mas sua fortuna está garantida...

Ele me interrompeu.

– Ah, não! E os meus números? Para que sejam bons, é preciso que esteja morto.

Voltei a sentar-me, mudo e mais desesperado de toda a esperança que tivera.

XXXIII

Fechei os olhos e pus as mãos em cima, procurei esquecer, esquecer o presente no passado. Enquanto divago, as lembranças da minha infância e da minha juventude retornam uma por uma, doces, calmas, sorridentes, como ilhas de flores nesse abismo de pensamentos negros e confusos que turbilhonam no meu cérebro.

Revejo-me criança, escolar risonho e puro, brincando, correndo, gritando com meus irmãos na grande aleia daquele jardim selvagem onde se passaram meus primeiros anos, antiga abadia de religiosas junto à igreja do Val-de-Grâce, com seu domo sombrio.

Quatro anos mais tarde, estou ainda ali, sempre criança, mas sonhador e apaixonado. Há uma menina no jardim solitário.

A espanholita de olhos grandes e cabelos compridos, pele morena e dourada, lábios vermelhos e faces rosadas, a andaluza de catorze anos, Pepa.

Nossas mães nos disseram para brincar juntos: fomos passear ali.

Disseram-nos para brincar, e conversamos, crianças da mesma idade, não do mesmo sexo.

No entanto, havia um ano apenas corríamos, lutávamos juntos. Eu disputava com Pepita a mais bela maçã da macieira; golpeava-a por um ninho de pássaro. Ela chorava, eu dizia: Bem feito! E íamos os dois nos queixar junto de nossas mães, que nos repreendiam em voz alta e nos davam razão em voz baixa.

Agora ela se apoia em meu braço e estou orgulhoso e comovido. Caminhamos lentamente, falamos em voz baixa. Ela deixa cair o lenço, eu o recolho. Nossas mãos tremem ao se tocarem. Ela me fala dos passarinhos, da estrela que se vê lá adiante, do pôr do sol vermelho atrás das árvores, ou então de suas amigas de pensionato, de seu vestido e de suas fitas. Dizemos coisas inocentes e coramos os dois. A menina está virando mocinha.

Naquele entardecer – era um dia de verão – estávamos sob as castanheiras, no fundo do jardim. Após um dos longos silêncios que preenchiam nossos passeios, ela deixou de repente meu braço: Vamos correr!

Ainda a vejo, estava vestida de preto, de luto por sua avó. Passou-lhe pela cabeça uma ideia de criança, Pepa voltou a ser Pepita e me disse: Vamos correr!

E pôs-se a correr diante de mim com sua cintura fina como a de uma abelha e com seus pezinhos que erguiam o vestido até a metade da perna. Eu a perseguia, ela fugia: o vento da corrida levantava por momentos a pelerine preta e deixava-me ver seus ombros morenos e bonitos.

Eu estava fora de mim. Alcancei-a perto do velho poço em ruínas; peguei-a pela cintura, com o direito de vitória, e a fiz sentar-se num banco de relva. Ela não resistiu. Estava ofegante e ria. Eu estava sério e olhava suas pupilas negras através de seus cílios negros.

– Sente-se aí – ela me disse. – Ainda há claridade, vamos ler alguma coisa. Tem um livro?

Eu trazia comigo o segundo tomo das *Viagens de Spallanzani*. Abri ao acaso, me aproximei dela, que apoiou seu ombro ao meu, e passamos a ler cada um por seu lado, em silêncio, a mesma página. Antes de virar a folha, ela era sempre obrigada a me esperar. Meu espírito era mais lento do que o dela.

– Terminou? – ela me dizia, quando eu estava apenas no começo.

No entanto nossas cabeças se tocavam, nossos cabelos se misturavam, nossos hálitos aos poucos se aproximaram e, de repente, nossas bocas.

Quando quisemos continuar nossa leitura, o céu estava estrelado.

– Oh, mamãe, mamãe – disse ela ao voltar para casa –, se soubesse como corremos!

Fiquei em silêncio.

– Você não diz nada? – falou minha mãe. – Parece triste.

Eu tinha o paraíso no coração.

Foi um anoitecer que lembrarei por toda a minha vida.

Por toda a minha vida!

XXXIV

Acabam de soar as horas. Não sei quais, ouço mal o badalar do relógio. Parece-me que tenho um ruído de órgão nos ouvidos; são meus últimos pensamentos que se agitam.

Nesse momento supremo em que me recolho em minhas lembranças, penso no meu crime com horror e gostaria de arrepender-me ainda mais. Eu sentia mais remorsos antes da minha condenação; desde então, parece que não há mais lugar senão para os pensamentos da morte. No entanto eu queria muito me arrepender.

Quando penso no que se passou em minha vida e na machadada que em breve irá terminá-la, estremeço como diante de uma coisa nova. Minha bela infância, minha bela juventude! Tecido dourado cuja extremidade é sangrenta. Entre o então e o agora há um riacho de sangue, o sangue do outro e o meu.

Se um dia lerem minha história, após tantos anos de inocência e de felicidade, não acreditarão nesse ano execrável que começa com um crime e se encerra com um suplício; parecerá um ano solto.

Contudo, miseráveis leis e miseráveis homens, eu não era um homem mau.

Oh! Morrer daqui a algumas horas! E pensar que há um ano, no mesmo dia, eu era livre e puro, que fazia meus passeios no outono, que vagava sob as árvores e caminhava sobre as folhas!

XXXV

Neste mesmo momento, muito perto de mim, nas casas que circundam o Palácio de Justiça e a Place de Grève, e por toda parte em Paris, há homens que vão e vêm, conversam e riem, leem o jornal, pensam nos seus afazeres; comerciantes que vendem; moças que preparam seu vestido para o baile desta noite; mães que brincam com seus filhos!

XXXVI

Lembro que um dia, em criança, fui ver o grande sino da Notre-Dame.

Já estava atordoado de ter subido a sombria escada em caracol, de ter percorrido a estreita galeria que liga as duas torres, de ter Paris sob os pés, quando entrei no compartimento de pedra e madeira onde pende o sino com seu batente e que pesa uma tonelada.

Tremendo, avancei sobre as tábuas mal juntadas, olhando à distância esse sino tão famoso entre as crianças e o povo de Paris, e notei, não sem pavor, que os anteparos cobertos de ardósia, que cercam o campanário com seus planos inclinados, estavam à altura dos meus pés. Pelas frestas eu via, de certo modo como um pássaro, a praça do adro da Notre-Dame e os passantes como formigas.

De repente o enorme sino soou, uma vibração profunda agitou o ar, fez tremer a pesada torre. O soalho saltou sobre as vigas. Por pouco o ruído não me derrubou; oscilei, prestes a cair, prestes a escorregar nos anteparos de ardósia inclinados. Aterrorizado, deitei-me sobre as tábuas, agarrando-as com os dois braços, sem falar, sem respirar, com aquela formidável badalada nos ouvidos e, sob os olhos, aquele precipício, aquela praça profunda onde se cruzavam tantos passantes tranquilos e invejosos.

Pois bem! Parece que ainda estou naquela torre. É ao mesmo tempo um atordoamento e um fascínio. Há como um ruído de sino vibrando nas cavidades do meu cérebro; e ao meu redor não percebo mais aquela vida plana e tranquila que deixei, e onde os outros homens ainda circulam, senão de longe e através das fendas de um abismo.

XXXVII

A prefeitura é um prédio sinistro.

Com seu telhado íngreme e rígido, sua torrezinha bizarra, seu grande relógio branco, seus andares com pequenas colunas, suas múltiplas janelas, suas escadas gastas pelos passos, seus dois arcos à direita e à esquerda, está ali, no mesmo nível da Place de Grève; sombria, lúgubre, com a face carcomida de velhice, e tão escura que é escura mesmo ao sol.

Nos dias de execução, ela vomita guardas por todas as portas, e olha o condenado por todas as janelas.

E à noite, o relógio, que marcou a hora, permanece luminoso em sua fachada tenebrosa.

XXXVIII

É uma hora e quinze da tarde.

Eis o que sinto agora:

Uma violenta dor de cabeça. A barriga fria, a testa ardendo. Toda vez que me levanto ou me inclino, um líquido parece que flutua no meu cérebro e faz bater os miolos contra as paredes do crânio.

Tenho tremores convulsivos, e de vez em quando a pena cai de minhas mãos como por um choque galvânico.

Meus olhos ardem como se eu estivesse na fumaça.

Meus cotovelos doem.

Mais duas horas e quarenta e cinco minutos e estarei curado.

XXXIX

Dizem que não é nada, que não se sofre, que é um final brando, que a morte desse jeito é muito simplificada.

Oh! Mas o que é então essa agonia de seis semanas e esse estertor de todo um dia? O que são as angústias dessa jornada irreparável, que passa tão lentamente e tão depressa? O que é essa escalada de tortura que termina no cadafalso?

Aparentemente isso não é sofrer.

Afinal, não são as mesmas convulsões quando o sangue se esvai gota a gota, ou quando a inteligência se apaga pensamento após pensamento?

Mas eles têm certeza de que não se sofre? Quem lhes disse? Nunca se soube de uma cabeça cortada que tenha se erguido sangrenta do cesto e clamado ao povo: Isto não dói!

Há mortos desse jeito que vieram lhes agradecer e lhes dizer: Foi uma boa invenção, continuem, o mecanismo é bom?

Robespierre? Luís XVI?...

Não, nada! Menos que um minuto, menos que um segundo, e está feito. Será que alguma vez se puseram, apenas em pensamento, no lugar de quem está lá, no momento em que o pesado cutelo cai, rompe os nervos e as vértebras?... Mas quê! Só meio segundo! A dor é escamoteada... Horror!

XL

É estranho que eu pense a toda hora no rei. Por mais que não queira, por mais que sacuda a cabeça, uma voz no meu ouvido continua a me dizer:

– Há nesta mesma cidade, nesta mesma hora, e não longe daqui, num outro palácio, um homem que também tem guardas em todas as suas portas, um homem único como você no povo, com a diferença de que está no alto e você embaixo. Sua vida inteira, minuto por minuto, não é senão glória, grandeza, delícias, enlevo. Tudo ao seu redor é amor, respeito, veneração. As vozes mais altas ficam baixas ao falar com ele, e as frontes mais orgulhosas se curvam. Ele tem apenas seda e ouro sob os olhos. Neste momento, preside um conselho de ministros em que todos são de sua opinião; ou então pensa na caça de amanhã, no baile desta noite, seguro de que a festa começará na hora, deixando a outros o trabalho de seus prazeres. Pois bem, esse homem é de carne e osso como você! E para que neste instante mesmo o cadafalso desabasse, para que tudo te fosse devolvido – vida, liberdade, fortuna, família –, bastaria ele escrever com esta pena as sete letras do seu nome embaixo de uma folha de papel, ou mesmo que sua carruagem interceptasse tua carroça! E ele é bom, e talvez é o que mais quisesse fazer hoje, mas nada disso acontecerá!

XLI

Pois bem! Tenhamos então coragem com a morte, tomemos essa horrível ideia nas duas mãos e a olhemos de frente. Perguntemos o que ela é, saibamos o que quer de nós, examinemo-la em todos os sentidos, decifremos o enigma e penetremos antecipadamente no túmulo.

Parece-me que, assim que meus olhos se fecharem, verei uma grande claridade e abismos de luz nos quais meu espírito há de rolar sem fim. No céu luminoso por sua própria essência, os astros serão manchas pretas, e em vez de serem, como para os olhos vivos, lantejoulas de ouro sobre veludo escuro, parecerão pontos negros sobre um pano dourado.

Ou então, miserável que sou, será talvez um abismo medonho, profundo, com paredes cobertas de trevas, e no qual cairei sem parar, vendo formas se agitar na sombra.

Ou ainda, despertando logo em seguida, me encontrarei talvez numa superfície plana e úmida, rastejando na obscuridade e girando sobre mim mesmo como uma cabeça que rola. Parece-me que haverá um grande vento que me empurrará e que me chocarei, aqui e ali, contra outras cabeças rolantes. Haverá em alguns lugares poças e riachos de um líquido desconhecido e morno: tudo será escuro. Quando meus olhos, em sua rotação, se voltarem para o alto, verão apenas um céu sombrio, cujas espessas camadas pesarão sobre eles, e ao longe, no fundo, grandes arcos de fumaça mais negra que as trevas. Verão também rodopiar na noite pequenas faíscas vermelhas que, ao se aproximarem, se transformação em pássaros de fogo. E será assim por toda a eternidade.

É possível também que em certas datas os mortos da Grève se reúnam, nas noites de inverno, na praça que é deles. Será uma multidão pálida e sangrenta, e estarei presente. Não haverá lua, e se falará em voz baixa. A prefeitura estará ali, com sua fachada carcomida, seu telhado recortado, e o relógio que terá sido sem piedade para todos. Haverá na praça uma guilhotina do inferno, onde um demônio executará um carrasco: será às quatro horas da manhã. Formaremos uma multidão ao redor.

É provável que seja assim. Mas se esses mortos retornam, sob que forma retornam? O que conservam de seu corpo incompleto e mutilado? O que escolhem? É a cabeça ou é o tronco que é o espectro?

Ai, e o que faz a morte com nossa alma? Que natureza lhe deixa? O que tem a lhe tomar ou a lhe dar? Onde a coloca? Empresta-lhe às vezes olhos de carne para olhar a terra e chorar?

Ah! um padre! Um padre que saiba isso! Quero um padre e um crucifixo para beijar!

Meu Deus, sempre o mesmo!

XLII

Pedi para me deixarem dormir e me joguei no leito.

De fato, havia uma onda de sangue na cabeça que me fez dormir. É o meu último sono, dessa espécie.

Tive um sonho.

Sonhei que era noite. Parecia-me que eu estava no meu gabinete com dois ou três amigos, não lembro quais.

Minha mulher estava deitada no quarto de dormir, ao lado, e dormia com nossa filha.

Falávamos em voz baixa, meus amigos e eu, e o que dizíamos nos assustava.

De repente me pareceu ouvir um ruído em alguma das outras peças do apartamento. Um ruído fraco, estranho, indeterminado.

Meus amigos ouviram como eu. Ficamos escutando: era como uma fechadura que se abre surdamente, como um ferrolho que é serrado de mansinho.

Havia alguma coisa que nos petrificava: tínhamos medo. Pensamos talvez em ladrões que entraram na casa, naquela hora tão avançada da noite.

Resolvemos ir ver o que era. Levantei-me, peguei a vela. Meus amigos me acompanharam.

Atravessamos o quarto de dormir, ao lado. Minha mulher dormia com a criança.

Depois chegamos à sala. Nada. Os retratos estavam imóveis nas suas molduras douradas sobre o papel de parede vermelho. Pareceu-me que a porta da sala que dá para a copa não estava na posição habitual.

Entramos na copa, demos a volta. Eu caminhava à frente. A porta junto à escada estava bem fechada, as janelas também. Ao chegar junto ao fogão, vi que o armário dos panos de mesa estava aberto, com a porta puxada sobre o canto da parede como para ocultá-lo.

Aquilo me surpreendeu. Pensamos que havia alguém atrás da porta.

Pus a mão nessa porta para fechar o armário; ela resistiu. Espantado, puxei com mais força, ela cedeu bruscamente e vimos uma velhinha, de mãos pendentes, olhos fechados, imóvel, de pé, e como que colada no canto da parede.

Havia nisso algo de assustador e meus cabelos se arrepiam só de lembrar.

Perguntei à velha:

– Que faz aí?

Ela não respondeu.

Perguntei:

– Quem é a senhora?

Também não respondeu, não se mexeu e continuou de olhos fechados.

Meus amigos disseram:

– Certamente é a cúmplice dos que entraram com más intenções; eles escaparam ao nos ouvir chegar, ela não pôde fugir e se escondeu aí.

Interroguei-a novamente, ela permaneceu sem voz, sem movimento, sem olhar.

Um de nós a empurrou, ela caiu.

Caiu como um bloco, como uma peça de madeira, como uma coisa morta.

Tocamos nela com o pé, depois dois de nós a levantamos e a apoiamos de novo contra a parede. Ela não deu sinal algum de vida. Gritamos-lhe nos ouvidos; permaneceu muda como se fosse surda.

Estávamos já perdendo a paciência, e havia cólera em nosso terror. Um de nós falou:

– Ponham a vela sob seu queixo.

– Coloquei a mecha acesa sob o queixo. Então ela abriu um olho pela metade, um olho vazio, opaco, terrível, e que não via.

Afastei a chama e falei:

– Ah! enfim! Vai responder, velha feiticeira? Quem é você?

O olho voltou a se fechar como por si mesmo.

– Assim não dá, é demais! – disseram os outros. – Outra vez a vela. É preciso que ela fale!

Voltei a pôr a luz sob o queixo da velha.

Então ela abriu os dois olhos lentamente, nos olhou um por um; depois, abaixando-se bruscamente, apagou a vela com um sopro gelado. No mesmo momento, senti três dentes agudos penetrarem em minha mão, nas trevas.

Despertei do sonho, tremendo e banhado de suor frio.

O bom capelão estava sentado ao pé do meu leito e lia orações.

– Dormi muito tempo? – perguntei-lhe.

– Dormiu por uma hora, meu filho – ele disse. – Trouxeram-lhe sua filha. Ela está à sua espera, na peça vizinha. Eu não quis que o despertassem.

– Oh! – exclamei – Minha filha, tragam minha filha!

XLIII

Ela é saudável, rosada, tem olhos grandes e é bonita!

Puseram-lhe um vestidinho que lhe cai bem.

Peguei-a, ergui-a nos braços, coloquei-a sentada sobre meus joelhos, beijei seus cabelos.

Por que não veio com a mãe? Sua mãe está doente, a avó também. É verdade.

Ela me olhava com um ar espantado. Deixava-se acariciar, abraçar, ser coberta de beijos, mas de vez em quando lançava um olhar inquieto à empregada, que chorava no canto.

Por fim consegui falar.

– Marie! Minha pequena Marie!

Apertei-a violentamente contra o meu peito cheio de soluços. Ela deu um gritinho.

– Oh! Está me machucando, senhor – falou.

Senhor! Faz um ano que ela me viu a última vez, a pobre criança. Esqueceu meu rosto, minha voz, meu jeito de falar; aliás, quem me reconheceria com essa barba, essas roupas, essa palidez? Oh, apagado já dessa memória, a única onde eu gostaria de viver! Oh, não ser mais pai! Estar condenado a não mais ouvir essa palavra, essa palavra da língua das crianças, tão doce que não consegue permanecer na dos adultos: *papai!*

No entanto, ouvi-la dessa boca mais uma vez, uma única vez, é tudo o que eu pediria em troca dos quarenta anos de vida que me tiram.

– Escute, Marie – eu disse a ela, juntando suas mãos nas minhas –, você não me conhece?

Ela me olhou com seus belos olhos e respondeu:
– Não!

– Olhe bem – repeti. – Então, não sabe quem eu sou?

– Sei – ela disse. – Um senhor.

Ai! Amar ardentemente uma única criatura no mundo, amá-la com todo o amor e tê-la à nossa frente, ela nos vê, nos olha, nos fala, nos responde, e não nos conhece! Querer consolo apenas dela, e ela ser a única a não saber que sentimos sua falta porque vamos morrer!

– Marie – continuei –, você tem um papai?

– Sim, senhor – disse a criança.

– E onde ele está?

Ela levantou seus grandes olhos espantados.

– Ah! Então não sabe? Ele está morto.

E deu um grito. Quase a deixei cair.

– Morto! – eu disse. – Marie, você sabe o que é estar morto?

– Sim, senhor – ela respondeu. – Ele está debaixo da terra e no céu.

E continuou espontaneamente:

– Rezo ao bom Deus por ele de manhã e de noite nos joelhos da mamãe.

Beijei-a na testa.

– Marie, diga-me o que reza.

– Não posso, senhor. Uma reza não se diz de dia. Venha à noite à minha casa que eu digo.

Já era o bastante. Eu a interrompi.

– Marie, sou eu, seu papai.

– Ah! – ela me disse.

Acrescentei:

– Quer que eu seja o seu papai?

A criança se virou para o outro lado.

– Não, meu papai era bem mais bonito.

Cobri-a de beijos e de lágrimas. Ela tentou se soltar dos meus braços, gritando:

– O senhor me machuca com sua barba.

Voltei a colocá-la sobre os joelhos, olhando-a com ternura, e perguntei:

– Marie, você sabe ler?

– Sim – ela respondeu. – Sei ler bem. Mamãe me faz ler as letras.

– Vejamos, leia um pouco – eu disse, mostrando-lhe um papel que ela segurava amassado numa das mãos.

Ela sacudiu sua cabecinha bonita.

– Ah! Só sei ler fábulas.

– Mesmo assim, tente. Vamos, leia.

Ela desamassou o papel e pôs-se a soletrar com o dedo:

– S-E-N, *sen*, T-E-N, *ten*, Ç-A, *sentença*...

Arranquei-lhe o papel das mãos. É minha sentença de morte que ela lia. A empregada comprara o folheto por um vintém. A mim, custava bem mais caro.

Não há palavras para o que senti. Minha violência assustou a menina, ela quase chorou. De repente ela me disse:

– Devolva meu papel, vá! É para brincar.

Devolvi-o à empregada.

– Leve-a.

E voltei a cair em minha cadeira, sombrio, deserto, desesperado. Agora eles já podem vir; não me importo com mais nada; a última fibra do meu coração se rompeu. Estou pronto para o que vão fazer.

XLIV

O padre é bom, o guarda também. Acho que eles derramaram uma lágrima quando eu disse que levassem minha filha.

Acabou. Agora preciso enrijecer-me e pensar com firmeza no carrasco, na carroça, nos guardas, na multidão sobre a ponte, na multidão nas ruas, na multidão às janelas, e no que haverá expressamente para mim na lúgubre Place de Grève, que poderia ser pavimentada com as cabeças que viu cair.

Acho que ainda tenho uma hora para habituar-me a tudo isso.

XLV

Todo esse povo rirá, agitará as mãos, aplaudirá. E entre todos esses homens, livres e desconhecidos dos carcereiros, que compareçem cheios de alegria a uma execução, nessa multidão de cabeças que cobrirão a praça haverá mais de uma predestinada a seguir a minha, cedo ou tarde, no cesto vermelho. Mais de um dos que virão por minha causa virá também por sua causa.

Para esses seres fatais, há num certo ponto da Place de Grève um lugar fatal, um centro de atração, uma armadilha. Eles giram em volta até cair nela.

XLVI

Minha pequena Marie! Foi levada de volta a brincar; ela olha a multidão pela portinhola do fiacre e já não pensa mais nesse *senhor*.

Talvez eu tivesse tempo ainda de escrever algumas páginas para ela, a fim de que as leia um dia e chore, daqui a quinze anos, por hoje.

Sim, é preciso que ela saiba por mim minha história, e por que o nome que lhe deixo é sangrento.

XLVII

Minha história

Nota do editor. – *Ainda não foi possível encontrar as folhas relacionadas. Talvez, como as que seguem parecem indicá-lo, o condenado não teve tempo de escrevê-las. Era tarde quando esse pensamento lhe veio.*

XLVIII

Numa sala da Prefeitura.

A Prefeitura!... Assim, aqui estou. O trajeto execrável acabou. A praça está aí, e embaixo da janela o povo horrível que vocifera, e me espera, e ri.

Por mais que eu me enrijecesse, por mais que me crispasse, a coragem faltou. Quando vi acima das cabeças aqueles dois braços vermelhos com seu triângulo negro na ponta, erguidos entre dois postes da praça, a coragem faltou. Pedi para fazer uma última declaração. Trouxeram-me aqui e foram buscar algum procurador do rei. Espero; pelo menos assim ganho um tempo.

Eis o que aconteceu:

Às três horas vieram me avisar que chegara o momento. Tremi, como se nas últimas seis horas, nas últimas seis semanas, nos últimos seis meses tivesse pensado noutra coisa. Tive a impressão de algo inesperado.

Fizeram-me atravessar corredores e descer escadas. Empurraram-me, por uma passagem estreita, a uma sala escura, pequena, de teto curvo, mal iluminada num dia de chuva e nevoeiro. Havia uma cadeira no meio. Disseram para sentar-me; sentei-me.

Perto da porta e ao longo das paredes havia algumas pessoas de pé, além do padre e dos guardas, e também três homens.

O primeiro, mais alto e mais velho, era gordo e tinha a face vermelha. Vestia uma sobrecasaca e um chapéu de três pontas deformado. Era ele.

Era o carrasco, o criado da guilhotina. Os outros dois eram os criados dele.

Assim que sentei, os outros dois se aproximaram de mim, por trás, como gatos; de repente, senti um frio de aço nos cabelos e as tesouras rangeram nos meus ouvidos.

Cortados ao acaso, meus cabelos caíam em mechas sobre os ombros, e o homem do chapéu de três pontas os espanava suavemente com sua manopla.

Em volta, falavam em voz baixa.

Havia um grande ruído na rua, como um frêmito que ondulasse no ar. Primeiro achei que fosse o rio; mas, pelas risadas, reconheci que era a multidão.

Um jovem, perto da janela, que escrevia com um lápis num bloco, perguntou a um dos carcereiros como se chamava o que faziam ali.

– A toalete do condenado – responderam-lhe.

Compreendi que aquilo sairia amanhã no jornal.

Então um dos criados retirou-me o casaco, e o outro pegou minhas duas mãos, que pendiam, e as levou às costas; senti uma corda enrolar-se lentamente em volta dos meus punhos unidos. Enquanto isso, o outro desatou minha gravata. Minha camisa de cambraia, único farrapo que restava do eu de outrora, o fez hesitar por um momento, mas logo ele se pôs a cortar a gola.

A essa precaução horrível, ao contato do metal no meu pescoço, meus cotovelos estremeceram e deixei escapar um rugido abafado. A mão do executor tremeu.

– Perdão, senhor – ele me disse. – Será que o machuquei?

Esses carrascos são homens muito doces.

Na rua, a multidão berrava mais alto.

O homem gordo de rosto coberto de acne me ofereceu um lenço embebido de vinagre para respirar.

– Obrigado – respondi com a voz mais forte que pude. – É inútil. Estou bem.

Então um deles se abaixou e me atou os pés, por meio de uma corda fina e solta que me permitia apenas dar passos curtos. Essa corda foi ligada à das mãos.

Depois o homem gordo jogou um casaco sobre minhas costas e prendeu as duas mangas sob meu queixo. O que havia a ser feito ali estava feito.

O padre aproximou-se então com o crucifixo.

– Vamos, meu filho – ele me disse.

Os criados me pegaram pelas axilas. Fui erguido, caminhei. Meus passos eram frouxos e vergavam como se eu tivesse dois joelhos em cada perna.

Nesse momento, os dois batentes da porta externa se abriram. Um clamor furioso, o ar frio e a luz branca lançaram-se até mim na sombra. Do fundo da sala escura, vi de uma só vez, através da chuva, as milhares de cabeças ululantes do povo amontoadas junto à grande escadaria do Palácio; à direita, no mesmo nível da entrada, uma fileira de cavalos de guardas, dos quais a porta baixa só me deixava ver as patas dianteiras e os peitos; à frente, um destacamento de soldados armados; à esquerda, a traseira de uma carroça, à qual se apoiava uma escada. Quadro terrível, bem emoldurado numa porta de prisão.

Era para esse momento temido que eu guardara minha coragem. Dei três passos e apareci à porta.

– Aí vem ele, aí vem ele! – gritou a multidão. – Está saindo enfim!

E os mais próximos de mim batiam palmas. Por mais que se ame um rei, não se faria tanta festa.

Era uma carroça comum, com um cavalo esquelético e um carroceiro vestindo um blusão azul com desenhos vermelhos, como os dos vendedores de hortaliças dos arredores de Bicêtre.

O homem gordo com chapéu de três pontas foi o primeiro a subir.

– Bom dia, senhor Sansão! – gritaram crianças penduradas às grades.

Um criado o seguiu.

– Bravo, Terça-feira! – gritaram novamente as crianças.

Os dois se sentaram na banqueta da frente.

Era a minha vez. Subi com uma atitude bastante firme.

– Ele vai bem! – disse uma mulher ao lado dos guardas.

Esse elogio atroz me deu coragem. O padre veio colocar-se junto a mim. Sentaram-me na banqueta traseira, de costas para o cavalo. Estremeci com essa última atenção.

Eles põem humanidade na cerimônia.

Quis olhar ao meu redor. Guardas à frente, guardas atrás; e depois multidão, multidão, multidão, um mar de cabeças na praça.

Um piquete de guardas a cavalo me esperava no portão gradeado do Palácio.

O oficial deu a ordem. A carroça e seu cortejo puseram-se em movimento, como que empurrados à frente pelos berros da populaça.

Atravessamos o portão. No momento em que a carroça tomou a direção da Pont-au-Change, a praça explodiu num clamor, do pavimento aos telhados, e as pontes e as ruas responderam como num tremor de terra.

Foi aí que o piquete que esperava juntou-se à escolta.

– Tirem o chapéu! Tirem o chapéu! – gritavam milhares de bocas ao mesmo tempo. – Como para o rei.

Então eu ri também, horrivelmente, e disse ao padre:

– Eles o chapéu, eu a cabeça.

Seguíamos devagar.

As bancas de flores junto ao rio perfumavam o ar; é dia de feira. Os vendedores deixaram seus ramalhetes por mim.

Defronte, pouco antes da torre quadrada que faz esquina com o Palácio, há restaurantes cujas sobrelojas estão cheias de espectadores satisfeitos com seus bons lugares. Principalmente mulheres. O dia deve ser lucrativo para os donos de restaurantes.

Alugavam-se mesas, cadeiras, charretes. Tudo repleto de espectadores. Comerciantes de sangue humano gritavam a plenos pulmões:

– Quem quer lugares?

Senti raiva contra esse povo. Tive vontade de gritar-lhes:

– Quem quer o meu?

Enquanto isso, a carroça avançava. A cada passo, a multidão desfazia-se atrás e eu a via, com meus olhos desvairados, se formar novamente mais adiante, em outros pontos de minha passagem.

Ao entrar na Pont-au-Change, olhei ao acaso à direita, atrás. Meu olhar se deteve, à margem do rio, acima das casas, numa torre negra, isolada, coberta de esculturas, no alto da qual vi dois monstros de pedra sentados de perfil. Não sei por que, perguntei ao padre o que era aquela torre.

– Saint-Jacques-la-Boucherie – respondeu o carrasco.

Ignoro como isso acontecia; na bruma, e apesar da chuva fina e branca que riscava o ar como fios de uma teia de aranha, nada do que se passava ao redor me escapava. Cada um desses detalhes trazia-me sua tortura. Faltam palavras para as emoções.

Na metade da Pont-au-Change, tão longa e tão atulhada de gente que seguíamos com dificuldade, fui tomado de um violento horror. Achei que fosse desmaiar, última vaidade! Então tentei esquecer-me para ficar cego e surdo a tudo, exceto ao padre, cujas palavras entrecortadas de rumores eu mal ouvia.

Peguei o crucifixo e o beijei.

– Tem piedade de mim, meu Deus! – falei, e procurei me abismar nesse pensamento.

Mas cada solavanco da dura carroça me sacudia. E então senti muito frio. A chuva atravessava minhas roupas e molhava a pele da cabeça através dos meus cabelos cortados e curtos.

– Está tremendo de frio, meu filho? – perguntou o padre.

– Sim – respondi.

Ai! Não era só de frio.

No final da ponte, mulheres me lamentaram por eu ser tão jovem.

O lugar fatal se aproximava. Eu começava a não mais ver, a não mais ouvir. Todas aquelas vozes, aquelas cabeças nas janelas, nas portas, nos postes de luz, aqueles espectadores ávidos e cruéis, aquela multidão em que todos me conheciam e na qual eu não conhecia ninguém, aquele caminho pavimentado e murado de rostos humanos... Sentia-me bêbado, estúpido, insano. É uma coisa insuportável o peso de tantos olhares postos em nós.

Eu vacilava no banco, não prestando mais atenção sequer no padre e no crucifixo.

No tumulto que me envolvia, não distinguia mais os gritos de piedade dos gritos de satisfação, os risos dos lamentos, as vozes do ruído; tudo era um rumor ressoando em minha cabeça como num eco de metal.

Meus olhos liam maquinalmente os letreiros das lojas.

Num momento, tive a estranha curiosidade de virar a cabeça e olhar para onde eu avançava. Era a última bravata da inteligência. Mas o corpo não quis; minha nuca continuou imóvel e como que morta de antemão.

Entrevi apenas de lado, à esquerda, do outro lado do rio, a torre da Notre-Dame que, vista dali, esconde a outra. É aquela onde está a bandeira. Havia muita gente lá e que devia ver bem.

E a carroça ia, ia, e as lojas passavam, e os letreiros se sucediam, escritos, pintados, dourados, e a populaça ria e patinhava na lama, e eu me deixava levar, como se entregam aos sonhos os que dormem.

De repente a série das lojas que ocupava meus olhos foi interrompida na esquina da praça; a voz da multidão ficou mais forte, mais esganiçada, mais alegre ainda; a carroça parou subitamente e por pouco não caí com o rosto sobre as tábuas. O padre me segurou.

– Coragem! – ele murmurou.

Puseram então uma escada na parte de trás da carroça; ele me deu o braço, desci; dei um passo, depois virei-me para dar outro e não pude. Entre os dois postes da praça, vi uma coisa sinistra.

Oh! Era a realidade!

Parei, como que cambaleando já com o golpe.

– Tenho uma última declaração a fazer! – bradei com voz fraca.

Trouxeram-me até aqui.

Pedi que me deixassem escrever minhas últimas vontades. Desataram-me as mãos, mas a corda está aqui, bem perto, e o restante embaixo.

XLIX

Um juiz, comissário ou magistrado não sei de que espécie, acaba de chegar. Pedi-lhe meu indulto, juntando as duas mãos e arrastando-me sobre os joelhos. Ele me sorriu com fatalidade e perguntou se era só isso que eu tinha a lhe dizer.

– Meu indulto, meu indulto! – repeti. – Ou, por piedade, mais cinco minutos!

Quem sabe? Talvez ainda venha! É tão horrível, em minha idade, morrer assim. Já aconteceu muitas vezes de indultos chegarem no último momento. E a quem darão indulto, se não derem a mim?

O execrável carrasco! Ele se aproximou do juiz para lhe dizer que a execução devia ser feita a certa hora, que essa hora se aproximava, que ele é o responsável e que, além do mais, chove e há o risco de enferrujar.

– Oh, por piedade! Só um minuto para esperar meu indulto! Ou me defendo! Mordo!

O juiz e o carrasco saíram. Estou sozinho. Sozinho com dois guardas.

Oh! O povo horrível com seus gritos de hiena! Se eu pudesse ainda escapar, se fosse salvo, se meu indulto... É impossível que não me deem o indulto!

Ah, os miseráveis! Parece-me que sobem a escada...

Quatro horas

Coleção L&PM POCKET (ÚLTIMOS LANÇAMENTOS)

1177. **Assim falou Zaratustra** – Nietzsche
1178. **Morte no Nilo** – Agatha Christie
1179. **Ê, soneca boa** – Mauricio de Sousa
1180. **Garfield a todo o vapor** – Jim Davis
1181. **Em busca do tempo perdido (Mangá)** – Proust
1182. **Cai o pano: o último caso de Poirot** – Agatha Christie
1183. **Livro para colorir e relaxar** – Livro 1
1184. **Para colorir sem parar**
1185. **Os elefantes não esquecem** – Agatha Christie
1186. **Teoria da relatividade** – Albert Einstein
1187. **Compêndio de psicanálise** – Freud
1188. **Visões de Gerard** – Jack Kerouac
1189. **Fim de verão** – Mohiro Kitoh
1190. **Procurando diversão** – Mauricio de Sousa
1191. **E não sobrou nenhum e outras peças** – Agatha Christie
1192. **Ansiedade** – Daniel Freeman & Jason Freeman
1193. **Garfield: pausa para o almoço** – Jim Davis
1194. **Contos do dia e da noite** – Guy de Maupassant
1195. **O melhor de Hagar 7** – Dik Browne
1196. (29). **Lou Andreas-Salomé** – Dorian Astor
1197. (30). **Pasolini** – René de Ceccatty
1198. **O caso do Hotel Bertram** – Agatha Christie
1199. **Crônicas de motel** – Sam Shepard
1200. **Pequena filosofia da paz interior** – Catherine Rambert
1201. **Os sertões** – Euclides da Cunha
1202. **Treze à mesa** – Agatha Christie
1203. **Bíblia** – John Riches
1204. **Anjos** – David Albert Jones
1205. **As tirinhas do Guri de Uruguaiana 1** – Jair Kobe
1206. **Entre aspas (vol.1)** – Fernando Eichenberg
1207. **Escrita** – Andrew Robinson
1208. **O spleen de Paris: pequenos poemas em prosa** – Charles Baudelaire
1209. **Satíricon** – Petrônio
1210. **O avarento** – Molière
1211. **Queimando na água, afogando-se na chama** – Bukowski
1212. **Miscelânea septuagenária: contos e poemas** – Bukowski
1213. **Que filosofar é aprender a morrer e outros ensaios** – Montaigne
1214. **Da amizade e outros ensaios** – Montaigne
1215. **O medo à espreita e outras histórias** – H.P. Lovecraft
1216. **A obra de arte na era de sua reprodutibilidade técnica** – Walter Benjamin
1217. **Sobre a liberdade** – John Stuart Mill
1218. **O segredo de Chimneys** – Agatha Christie
1219. **Morte na rua Hickory** – Agatha Christie
1220. **Ulisses (Mangá)** – James Joyce
1221. **Ateísmo** – Julian Baggini
1222. **Os melhores contos de Katherine Mansfield** – Katherine Mansfied
1223. (31). **Martin Luther King** – Alain Foix
1224. **Millôr Definitivo: uma antologia de *A Bíblia do Caos*** – Millôr Fernandes
1225. **O Clube das Terças-Feiras e outras histórias** – Agatha Christie
1226. **Por que sou tão sábio** – Nietzsche
1227. **Sobre a mentira** – Platão
1228. **Sobre a leitura *seguido do* Depoimento de Céleste Albaret** – Proust
1229. **O homem do terno marrom** – Agatha Christie
1230. (32). **Jimi Hendrix** – Franck Médioni
1231. **Amor e amizade e outras histórias** – Jane Austen
1232. **Lady Susan, Os Watson e Sanditon** – Jane Austen
1233. **Uma breve história da ciência** – William Bynum
1234. **Macunaíma: o herói sem nenhum caráter** – Mário de Andrade
1235. **A máquina do tempo** – H.G. Wells
1236. **O homem invisível** – H.G. Wells
1237. **Os 36 estratagemas: manual secreto da arte da guerra** – Anônimo
1238. **A mina de ouro e outras histórias** – Agatha Christie
1239. **Pic** – Jack Kerouac
1240. **O habitante da escuridão e outros contos** – H.P. Lovecraft
1241. **O chamado de Cthulhu e outros contos** – H.P. Lovecraft
1242. **O melhor de Meu reino por um cavalo!** – Edição de Ivan Pinheiro Machado
1243. **A guerra dos mundos** – H.G. Wells
1244. **O caso da criada perfeita e outras histórias** – Agatha Christie
1245. **Morte por afogamento e outras histórias** – Agatha Christie
1246. **Assassinato no Comitê Central** – Manuel Vázquez Montalbán
1247. **O papai é pop** – Marcos Piangers
1248. **O papai é pop 2** – Marcos Piangers
1249. **A mamãe é rock** – Ana Cardoso
1250. **Paris boêmia** – Dan Franck
1251. **Paris libertária** – Dan Franck
1252. **Paris ocupada** – Dan Franck
1253. **Uma anedota infame** – Dostoiévski
1254. **O último dia de um condenado** – Victor Hugo
1255. **Nem só de caviar vive o homem** – J.M. Simmel
1256. **Amanhã é outro dia** – J.M. Simmel